JN076775

K.Nakashima Selection Vol.42

バサラオ

BASARAO

中島かずき
Kazuki Nakashima

論創社

バサラオ

装幀　鳥井和昌

目次

バサラオ

◉登場人物

ヒュウガ
カイリ
ゴノミカド
サキド
アキノ
キタタカ
ボンカン
ナガスケ
ケッコウ／コジフサ
クスマ
タダノミヤ
ヌイ

マストキ／シダフサ
キンツナ／バタフサ
カコ
エンキ
ゴロウザ
ギテイ
ロクロウ
散華の女子達
斬歌党の兵
幕府の家来、兵
朝廷の兵
六波羅武士
陰之矢

鎌倉の民
京の町の民
サキドの家来
マストキの家来
野武士達
僧達
猿楽師
侍女

―第一幕―　紅顔麗色鮮し仁

【第一景】

ヒノモトの国。
鎌倉、執権キタタカの屋敷。
中庭に面した座敷にいるキタタカ。内管領のエンキが現れる。キタタカの執事である。

エンキ　キタタカ様。
キタタカ　うむ。
エンキ　〝犬〟が戻りました。
キタタカ　通せ。

〝犬〟とはキタタカが使っている間者《かんじゃ》のこと。若者が中庭に現れる。名をカイリ。腰に幾つか瓢箪《ひょうたん》を下げている。キタタカにひざまずく。

エンキ　西国の様子を執権様にお聞かせしろ。

カイリ　は。ミカドのご様子は変わりなく。幕府への抵抗を諦めたご様子。
キタタカ　なるほど。さすがに島流しは堪えたようだな。公家が武士に力で立ち向かおうなど
と考えるからこういう目に遭う。
エンキ　まさしく。この国の政《まつりごと》はキタタカ様にお任せしておけばよいものを。
キタタカ　ああ。

エンキ、小銭の入った袋をカイリに投げる。

エンキ　褒美の金じゃ。役目に戻れ。

が、カイリ、頭を下げたまま動かない。

キタタカ　どうした。早く去れ。
カイリ　お願いがございます。
エンキ　お願い？
カイリ　〝犬〟のお役目。これを最後にしていただきたく、お願い申し上げます。
エンキ　最後？　やめたいということか。

カイリ　はい。
キタタカ　そうか。貴様、ミカドにたぶらかされたな。
カイリ　え。
キタタカ　急にやめるなど、それ以外に考えられぬ。
カイリ　決してそんなことは。
キタタカ　ごまかしても無駄だ。
カイリ　私はただ、間者のお役目に疲れ果てただけ。決して裏切るような真似はいたしません。
キタタカ　黙れ黙れ、わしの目は節穴ではない！
エンキ　者ども、出会え。

と、配下の武士達が現れる。

キタタカ　ミカドの犬だ。殺してしまえ。
カイリ　……これほど浅はかとは……。
エンキ　やれ。

襲いかかろうとする武士達。と、カイリ、腰の瓢箪を取って投げる。

カイリ　それ！

武士の一人が向かってきた瓢箪を切る。と、中に入っていた液体が武士達にかかる。
とてつもない異臭にのけぞる侍達。

エンキ　くさ！

キタタカ　なんだ、この匂い。

二人もむせている。

カイリ　腐った魚のはらわたを煮詰めた汁だ。十日は消えない。当分、傾城屋《けいせいや》の女達も相手
にしないぞ。

エンキ　え！

カイリ　（別の瓢箪を手に持つ）さあ、どうする。

と、武士達、怯《ひる》む。

カイリ　執権殿の警護もその程度の覚悟か。

と、鼻で笑うと、瓢箪の栓を抜き、放り投げると走り去る。むせる武士達。

キタタカ　ええい、何をしておる、追え、追わぬか。

と、叫ぶが武士達はよろけている。

キタタカとエンキ達、闇に消える。

×　×　×　×

と、暗闇に映像とテロップ&ナレーションが流れる。

T&N　ヒノモトの国。

武士の棟梁である将軍がこの国を統治するようになって百数十年が経ったこの時代、将軍は名目だけのものとなり、幕府の実権は執権キタタカが握っていた。

武家から天下を奪い返そうと幕府転覆を企てたゴノミカドだったが、その企みは頓挫し、今は沖の島に流されていた。
しかし、未だミカドを支持する武士も多く、幕府の足下は大きく揺らいでいるのだった。

と、ナレーションに合わせてキタタカやゴノミカドの姿、勢力図などが写される。

×　　×　　×

鎌倉。門前町の近く。
人がたむろしている。その中を走ってくるカイリ。キタタカの追っ手を逃れてきたのだ。ある方向に人々が押し寄せている。その中の何人かに尋ねるカイリ。

カイリ　これは何の騒ぎだ。
男1　バサラ者の宴だよ。
カイリ　バサラだと。
女1　ああ、狂い桜の下で、バサラのヒュウガが宴を開いてるのさ。
女2　あれは眼福だねえ。
カイリ　そうか。（呟く）……探す手間が省けた。

と、独りごちると人々が向かう方向に行くカイリ。

広場に出ると、そこに満開の桜。

季節に関係なく、いつ咲くかわからないから、狂い桜と呼ばれている。

その花の下に人が集まっている。

と、若い女達が現れる。歌い踊る女達。

そしてその女達の歌舞を前座とするように、一人の男が現れる。ヒュウガである。

そこだけ光が差すようにまぶしく輝いている。

ヒュウガ　さあ、始めようか、バサラの宴を。

と、ヒュウガ、歌い踊り始める。己の美しさを誇示する歌だ。

「自分こそが光、その輝きに目を眩ませろ。一瞬先に命絶えてもこの美しさに包まれれば悔いはない。それがバサラ。ともに生きようバサラの生を、ともに溺れようバサラの宴を」などと歌う。

女達も共に歌い舞う。それを見つめるカイリ。

カイリ　……よし。

声をかけようと決意したカイリ。
その時、どやどやと武士の一団が現れる。
幕府の役人である。率いるはナガスケ。

役人1　ほら、どけどけ！
役人2　邪魔だ邪魔だ！
ナガスケ　幕府の取締りである。どいたどいた。

と、見物人達を押し分けてヒュウガの方に近づく。

カイリ　まずい。

と、布を首に巻き、鼻まで上げて顔を隠すと人混みの中に紛れる。

ナガスケ　貴様がヒュウガか。
ヒュウガ　ああ。俺以外に誰がいる。

ナガスケ　多くの家の妻や娘をたぶらかし、家を捨てさせ拐《かどわ》かしたと訴えが来ておる。おとなしくしろ。
ヒュウガ　愚かだな。
ナガスケ　愚か？　我らに向かって言っておるのか。
ヒュウガ　ああ、そうだ。愚かな男達の訴えをまともに取り上げ俺を捕まえようとする。愚かの上にバカがつく。なあ、お前達。

女達、一斉に笑う。

ヒュウガ　この子達はみんな、好きで俺についてきてるんだ。俺に罪はない。お前達はただ、俺に嫉妬する男達の恨みを鵜呑みにしているだけだ。そんなこともわからないとは、お前達の首についているのは頭か、それとも熟した柿か。

役人達、憤る。

役人1　なんという無礼者。
ナガスケ　ええい、男は殺してかまわん。女達だけ捕らえればいい。

と、刀を抜くとヒュウガ達に襲いかかろうとする役人達。女達は「ヒュウガ様」と彼を役人から守るために得物を抜いて立ちはだかる。

カイリ　いかん！

と、顔を隠したまま得物を抜くと、役人からヒュウガ一党を守ろうと双方の間に割って入る。

カイリ　（女達に）逃げろ、お前達！
ナガスケ　なんだ、貴様！
カイリ　ここは俺が。早く逃げろ！

と、襲ってくる役人達の刀を得物で受けるカイリ。
と、そのカイリに襲いかかる女達。

カイリ　なぜ？

女1　邪魔はするな。
女2　ヒュウガ様は我らが守る。

と、カイリを押しやると役人達に襲いかかる女達。役人達も、想定外の女達の抵抗に戸惑う。
一歩下がって見ているヒュウガが、平然とした顔で言う。

ヒュウガ　野暮はやめろということだ。
カイリ　女達を見殺しにするつもりか。
ヒュウガ　(何を言っているという顔で) 見殺しじゃない。あの子達の花道だ。

カイリ、意味が理解できない。
戸惑っていた役人達だが、女達が殺す気で立ち向かってきたので斬りつける。が、手傷を負っても女達は嬉々として役人に立ち向かっていく。

カイリ　見てられない。

と、女達の方に走っていこうとするカイリ。
その足を払うヒュウガ。カイリ、転ぶ。

ヒュウガ　手出しをするな。

うつ伏せの彼を踏みつけるヒュウガ。

カイリ　貴様！

ヒュウガ　見ろ、あいつらの顔を。最高に美しいだろう。

女達に何人もの役人が殺される。傷の浅い役人達は怯む。戸惑うナガスケ。

ナガスケ　なんだ、こいつらは……。

ヒュウガ　この子達は散華《ちりばな》の女子《おみなご》。俺のために死んでいくのが嬉しいんだ。立派なバサラ者だよ。

ナガスケ　……ええい、退《ひ》け退け。（ヒュウガに）このままではすまさん。覚えておけよ、ヒュウガ！

と、逃げ去る役人達。

女達、傷だらけで放心状態。ヒュウガ、カイリから足をどけて、女達に腕を広げる。

ヒュウガ　ありがとう、お前達。

女達、ヒュウガに駆け寄る。が、その場で倒れる女も数人いる。女1もその一人。カイリ、倒れた女達の方に駆け寄って様子を見る。女1を抱き上げるカイリ。

カイリ　……死んでる。（ヒュウガに言う）死んでるぞ、おい！

ヒュウガ　いい散り際だったな。

カイリ　それだけか。

ヒュウガ　その顔を見てみろ。いい顔をしてるだろう。

カイリ　……。

確かに女1、穏やかな死に顔をしている。

ヒュウガ　そういうことだ。他人がとやかく言うことじゃない。

ヒュウガ、女達に言う。

ヒュウガ　よく頑張ったね。帰って傷の手当てを。

女達　はい。

と、ヒュウガと女達、帰ろうとする。

カイリ　待て、彼女達はどうする。

と、死んだ女達を指す。

カイリ　置き去りにするのか、お前のために死んだ女達だぞ。

ヒュウガを睨みつけるカイリ。

ヒュウガ　（女達に）先に帰りなさい。俺もすぐに戻る。
　女達　はい。

　　と、女達は素直に立ち去る。カイリに言うヒュウガ。

ヒュウガ　この女達はここで朽ちる。この女達の血を吸って、狂い桜はいっそう美しく真っ赤な花を咲かす。美の輪廻だ。その美の真ん中にあるのがこの俺だ。ヒュウガの輪廻に生きて死ぬ、それはこの子達にとって最高の至福じゃないか。

　　そんなこともわからないのかという顔のヒュウガ。
　　カイリ、一瞬怒りが身体を走るが、ヒュウガに気取られないように押さえ込むと、冷静な口調で言う。

カイリ　……変わらないな、お前は。ガキの時から全然。
ヒュウガ　……俺を知っているのか。
カイリ　お前は麻耶野村《まやの》のヒュウガだ。
ヒュウガ　……麻耶野村か。お前もあの村の……。ああ、思い出した。カイリか。

カイリ　男の名前も覚えてるのか。
ヒュウガ　おいおい。そんな不思議そうな顔をするな。
カイリ　お前の周りにはいつも女がいたからな、ガキの頃から。
ヒュウガ　そしてその周りには俺を妬む男達がいた。アオタ、マキゾウ、バンキチ、女達の目を盗んで俺を殴る蹴る。言い寄ってきた女の名前は忘れても、俺を殴った男の名前は忘れない。お前だけだったな、俺に手を出さなかったのは。
カイリ　……俺は厄介事が嫌いなだけだ。
ヒュウガ　厄介事？
カイリ　お前に手を出せば厄介な事が起きる。そう感じてた。親が死んで遠くの親戚を頼って、村を出た。しばらくして麻耶野村が火事で全滅したと聞いたよ。俺の勘は当たっていたな。
ヒュウガ　俺は感謝してるよ、あの村には。俺の生き方を教えてくれた。
カイリ　生き方？
ヒュウガ　そうだ。俺が好きなように生きる生き方だ。この顔を使ってな。

微笑むヒュウガ。そこだけ一瞬明るくなったような気がするカイリ。その思いを振り払い会話を続ける。

カイリ　……それがバサラか？
ヒュウガ　ん？
カイリ　さっきから何度もその言葉を言っていた。
ヒュウガ　ああ、（と、うなずき）そうだ、それがバサラだ。
カイリ　（桜を見上げ）この狂い桜のようなものだな。季節など気にせず好きな時に咲く。咲いて俺達の心を掻き乱す。
ヒュウガ　（その言葉に得心がいったように、桜を見上げる）……そうだな。その通りだ。
カイリ　だが、このままじゃお前の好きにはできんぞ。さっきの奴らは執権の手下だ。必ず捕り手が来る。
ヒュウガ　捕まりはしない。また追い払えばいい。
カイリ　それでもまた来る。執権のキタタカはねちっこい男だ。自分に逆らった者は絶対に許さない。
ヒュウガ　（少し考えると）だったら執権を潰せばいい。

さすがに驚くカイリ。

カイリ　お、お前はなんてことを。そんなことができると思うか。
ヒュウガ　できない理由があるか？
カイリ　理由もなにも、お前と女達で何ができる。
ヒュウガ　この世の半分は女だ。それに女が動けば、ついてくる男達もいる。
カイリ　……キタタカを潰すということは、幕府を潰すってことだ。わかってるのか。
ヒュウガ　俺の邪魔をするならな。麻耶野村と同じだ。
カイリ　あんな田舎の村と幕府を一緒にすると。
ヒュウガ　古いしがらみに縛られ、お互いがお互いの目を気にして縛りあい足を引っ張りあう。村も国も似たようなものだ。俺が好きに生きるのを誰にも邪魔はさせない。それがバサラだ。
カイリ　……まいったな。

と、思わず笑いだす。

カイリ　たいしたもんだ、村も国も一緒か。

涼しい顔のヒュウガ。

倒れている女達に目をやるカイリ。何事か決意する。

カイリ　……俺にも手伝わせてもらえるか。俺は執権の間者をしていた。お前よりも世間の裏の裏まで知っている。
ヒュウガ　お前が？
カイリ　ああ。嫌になってやめようとしたら俺の命を取ろうとした。あいつらが生きている限り、俺も安心して眠れない。
ヒュウガ　……わかった。俺の下僕になるというのだな。
カイリ　ならない。そんなことは言ってない。お前の知恵袋だ。
ヒュウガ　知恵袋？
カイリ　そうだ。軍師と言ってもいい。
ヒュウガ　どんな知恵を出す？
カイリ　それはこれから起こること次第だ。知恵ってのはそういうものだ。
ヒュウガ　便利な言い草だな。
カイリ　お前の光に目が眩んだ男がいる。そう思ってくれ。
ヒュウガ　……わかった。
カイリ　そうか。

ヒュウガ　全然そう思ってないところが気に入った。お前の知恵がどのくらいのものか見せてみろ。

カイリ　宿はどこだ。これからは俺もそこに泊まる。

ヒュウガ、うなずく。

ヒュウガ　来い。

二人、立ち去る。

――暗　転――

【第二景】

キタタカの屋敷。
座敷にキタタカとエンキがいる。
ナガスケが中庭に傅《かしず》いている。
ヒュウガの件を報告し終わったところだ。

エンキ　女に手勢をやられるとは、なんたる失態だ。ナガスケ。
ナガスケ　申し訳ありません。何卒、新たな兵をお与えください。ヒュウガとかいう不届き者に今度こそ目に物見せてやります。
キタタカ　そうだな。幕府に逆らう不埒な輩は、見逃しておくわけにはいかん。
エンキ　兵を出しますか。
ナガスケ　バサラ者などというふざけた輩は成敗するに限ります。

その時、声がする。サキドの声だ。

サキド　少々、お待ちくださいさ。

と、サキドが一党を連れて現れる。派手な着物を着飾り、派手な髪型派手な化粧で、刀の鞘にも派手な装飾を施している。女だてらに一門を率いる大名である。その一の家来のゴロウザ、贔屓にしている猿楽師のヌイが横に立つ。
ヌイ、サキドの生き方を歌い上げる。それは「華美、華麗、過剰、過激、華やかにして過ぎたるもの、これすなわちこの世の美。過ぎたるは優れ秀でるが如し。サキドの意気地にて御座候」。
ヌイの歌が終わる。

サキド　そのバサラ者とやら、私に任せていただけませぬか。キタタカ様。
キタタカ　サキドか。相変わらず派手好みだな。
サキド　ですが、礼節も心得ております。
ヌイ　豪奢絢爛華美秀麗《ごうしゃけんらんかびしゅうれい》、これすべてサキド好みと町雀《まちすずめ》も噂しますが、一朝一夕で至る境地ではない。
ゴロウザ　女だてらに乱世を生き、一族をまとめ上げたサキド様の胆力あってこそ。

サキド　女達の命を犠牲にしてのうのうとしているその小僧。どうにも見過ごすわけにはいきません。
キタタカ　しかし、お前には新たに京都の守護を頼んだはず。
サキド　ご心配めさるな。その京への道すがら、ケリをつけてご覧に入れる。
キタタカ　わかった。そなたがそこまで言うならやってみろ。
サキド　執権様のお許しをいただき恐悦至極。では。

と、立ち去るサキド一党。

エンキ　よろしいので。
キタタカ　気まぐれだが実力は侮れぬ。少しはわがままを聞いてやるのが上に立つ者の器よ。
エンキ　ははあ。
ナガスケ　さすがは執権様。大きい。
キタタカ　おう。

と、露骨なおだてに乗っていい気持ちのキタタカ。三人、闇に消える。

×　×　×　×

鎌倉の外れ。梵能寺《ぼんのうじ》。ここがヒュウガと女人達の宿舎である。境内。本堂の広縁で住職のケッコウが酒を飲んでいる。女達が酌をしている。

ヒュウガとカイリは少し離れた庭で話をしている。

カイリ　寺に寝泊まりか。女を連れてよくやる。

ヒュウガ　もともと仏教の教義に女人禁制などはない。女がいると我慢できない弱い男達が作り上げた、勝手な戒律だ。

ケッコウ　おうよ。酒や女に惑わされて悟りも開けぬ坊主などろくな者ではない。

ヒュウガ　生臭坊主のあなたが言うか。

ケッコウ　おいおい。泊めておる恩義を忘れるな。

ケッコウに酒を勧める女達。

女2　ささ、ご住職。

ケッコウ　おお、いいぞいいぞ、もっと注げ。

と、大きな湯呑みに酒を注がれてグイグイ飲むケッコウ。

ヒュウガ　武士がミカドを都から追い出し、坂東武者が公家の真似をして上品にふるまう。こんな乱れた世の中で、寺の規律などなんになる。むしろここの住職くらいの方が今の世らしくていい。
カイリ　それも一理か。
ヒュウガ　いや、真理だよ。

と、そこに派手ななりの武士達が入ってくる。サキドの家来だ。女1など桜の下の戦いで死んだ女達の亡骸を担いでいる。
続けてサキドとゴロウザも現れる。
サキドは満開の桜の枝を持っている。狂い桜の枝を一本手折ってきたのだ。

サキド　ご住職。行き倒れの女達だ。手厚く葬ってやってくれ。これは手向けの花だ。

と、家来達、女人の亡骸を地面に横たえる。その上に持ってきた桜の枝を置くサキド。

カイリ　あれはサキド。

ヒュウガ　サキド？
カイリ　幕府に仕える大名の一人だ。天衣無縫の派手好みと有名だ。
ヒュウガ　サキド好みだな。聞いたことがある。
カイリ　気をつけろ。女だが手強いぞ。
ヒュウガ　バカか。手強いのに男も女も関係ない。
カイリ　え、あ、まあ、それはそうだ。
ヒュウガ　だが、許せんな。

と、サキドの前に立つヒュウガ。

サキド　お前だね、バサラ者とか名乗っている跳ねっ返りは。
ヒュウガ　がっかりですね、サキド殿。
サキド　ほう、なにが。
ヒュウガ　世の習いに逆らい己の美意識を貫き通す。それを人はサキド好みという。そう聞いていましたが、なぜ桜の下の女達をわざわざ運び入れるなどという野暮をする。
サキド　野暮だと、このサキドがか。
ヒュウガ　野暮でなければ朴念仁か。

ゴロウザ　若僧、言わせておけば。

ゴロウザを筆頭にいきり立つ家来達。それを抑えるサキド。

サキド　己のために命を捨てた女達の軀《むくろ》を野ざらしにするのを風雅とでも言うか。
ヒュウガ　野ざらしではない。それが俺のために死んでいった者達への供養だ。
ゴロウザ　供養？　墓にも入れず経も上げず、往来に捨て置いて、なにが供養だ。

嘲笑うサキドの家来達。と、カイリが桜の枝を拾い、ヒュウガとサキド達の間に割って入る。

カイリ　これは異なことを、ゴロウザ様。
ゴロウザ　ぬ。
カイリ　サキド様を支え、その腕、右に出る者無しと謳われたゴロウザ様にしてはおかしなことを言う。
サキド　おぬしは。
カイリ　名をカイリ。ヒュウガ様の軍師を務めております。

ゴロウザ　何がおかしいというのだ。

桜の枝を振り回しながら歌い始めるカイリ。

「墓穴と墓石。暗い土の中に押し込め重い石で封じて死者が本当に喜ぶと思うか。桜の花びらに覆われ、やがてその血も肉も土に還り桜の糧となり、その次の春、彼女らの思いがこもった花が美しく咲き乱れる。それを祈って、亡骸を桜の根元に安置する。それがわが主《あるじ》の願い。バサラのヒュウガの願い」

というような内容の歌を、サキドの家来の前で挑発するように桜の枝を振り回して、歌い終わる。

カイリ　それこそが供養でなくて何が供養か。

と、言い放つカイリ。

カイリの歌と圧とに気圧されて押し黙るサキドの家来達。サキド、微笑む。

サキド　少しは言える者が従っているようだな。

と、ケッコウが声をかける。

ケッコウ　して、その亡骸はどうするね。寺の境内にまで持ってこられたものを追い返すのは、いささか気がひける。

カイリ　この寺にも桜はあるだろう。その根元に埋めてくれ。

ケッコウ　うむ。

と、ケッコウ、うなずく。と、いつの間にか現れた衣被ぎで顔を隠した女が、瓶子で彼や女達に酒を注いでいる。それを飲んでいるケッコウと女達。

ヒュウガ　勝手に決めるな。

カイリ　お前がいる所が光なら、この寺の桜でもヒュウガの輪廻になるだろう。

ヒュウガ　ふん。(一応納得した顔)

カイリ　さて、亡骸の供養も決まった。お引き取り願えますか。

ゴロウザ　ぬけぬけとそう言うか。

サキド　こちらが何の用で来たかは察しがついていように。

ヒュウガ　俺を捕らえに、か？

サキド　執権殿はそのつもりだな。
ヒュウガ　いくらそちらがそのつもりでも、女達が許してくれるかな。
サキド　お前の代わりに戦う女達だったか。
ヒュウガ　代わりじゃない。俺のために命を捨てることを至上の喜びとする、散華《ちりばな》の女子《おみなご》だ。
サキド　だが、その女子《おみなご》も今はおやすみのようだ。

と、サキドが広縁を示す。ケッコウと女達が眠っている。衣被ぎで顔を隠していた女が衣被ぎを取る。ヌイである。

ヌイ　どもー。

と、ヒュウガに手を振り挨拶する。
彼女が眠り薬を入れた酒を女達に飲ませていたのだ。

ヒュウガ・カイリ　なに⁉（と驚く）
サキド　無駄に女が死んでいくのは好かんのでな。ひとまず眠ってもらった。
ヌイ　ここからは荒事。下がってよろしいですか。

サキド　ああ、ご苦労だった。
ヌイ　では失礼。

と、立ち去るヌイ。

ゴロウザ　かかれ、お前達。

と、家来に声をかける。が、家来達、身体が痺れて動けなくなる。

ゴロウザ　どうした！

倒れていく家来達。

カイリ　さっきの桜の枝には痺れ薬を含ませていた。無駄に歌い舞っていたわけではないということだ。

笑いだすサキド。

サキド　同じ手でやり返されるとはな。みくびっていたよ、若僧。
カイリ　これで二対二というわけだ。
ゴロウザ　お下がりください、サキド様。この二人なら私一人で充分。
ヒュウガ　俺は下がるぞ、カイリ。その二人ならお前一人で充分。

と、下がるヒュウガ。驚くカイリ。

カイリ　おい。
ゴロウザ　怖じ気づいたか、ヒュウガ。

と、二人に襲いかかるゴロウザ。

カイリ　ああ、もう。

と、カイリ、やむなくゴロウザの剣を得物で受ける。カイリ、ゴロウザと互角に戦う。
戦いは二人にまかせてサキドに語りかけるヒュウガ。

ヒュウガ　やっぱりがっかりだよ、サキド殿。
サキド　ん？
ヒュウガ　天衣無縫と名乗るなら、執権如き恐れてどうする。
サキド　ミカドも島流しにした今、この国で最も力を持っているのは幕府執権キタタカ殿だ。己がやりたいように生きるには、彼の動きも目に入れておかねばならぬ。それもまた知恵だ。
ヒュウガ　知恵ではないな。それはただの言い訳だ。
サキド　ではお前はどうする。

と、サキド、剣を抜いてヒュウガに襲いかかる。ヒュウガ、帯に刺していた扇を抜いて、それで剣を受け、時に身をかわす。

サキド　口ばかり達者でも、剣をふるう相手には無力だぞ。どうした。手を出さんのか。

再びサキドの斬撃。それをかわすヒュウガ。

サキド　ええい、どうした。黙って見ているだけか。

サキドの斬撃。ヒュウガ、それをかわして彼女の目の前に立つ。じっと彼女を見つめるヒュウガ。

ヒュウガ　それで充分だろう。
サキド　……。

そのヒュウガの瞳に吸い込まれるような気持ちになるサキド。彼の視線に取り込まれる。と、刀を捨て、いきなりヒュウガに接吻するサキド。
驚くカイリとゴロウザ。手が止まる。

二人　えー!?

唖然とするカイリとゴロウザ。と、我に返りヒュウガから離れるサキド。

サキド　わ、私は何を。（と、狼狽《うろた》えている）

と、彼女の手を摑んで抱き寄せるヒュウガ。今度は自分から接吻する。思わずヒュウガの身体に手を回すサキド。

ゴロウザ　サ、サキド様……。

ヒュウガをふりほどくサキド。

サキド　面白いな。それがお前の技か。

サキド、刀を拾うとヒュウガの首筋に当てる。

サキド　が、それですべての女が思い通りになると思うな。
ヒュウガ　この首が欲しいか。
サキド　ああ。
ヒュウガ　本当に俺の首でいいのか。
サキド　え。

ヒュウガ　ミカドの首ならどうだ。
サキド　なんだと。
ヒュウガ　未だ反幕府勢力は各地に潜んでいる。そんな輩に、沖の島に流されたミカドを救い出されて、倒幕の旗印とされてはまずいのではないか。
サキド　……。
ヒュウガ　そのミカドの首、俺が取ってくる。

考えているサキド。

ゴロウザ　サキド様、本気にしてはなりません。命惜しさのでまかせです。
ヒュウガ　でまかせと取るか本気と取るか。今ここで俺の首を取るのと俺にミカドの首を取らせるのと、どちらが面白い？

刀を引くサキド。

サキド　ひと月だ。ひと月待とう。私は京の都に向かう。京都守護の役目を拝命した。そこで待っている。見事、ミカドの首持ってこい。

ヒュウガ　わかった。

サキド　逃げるなよ。逃げた時にはバサラのヒュウガを嘲笑う歌をこの国中に広めてやる。

ゴロウザ　それでは手ぬるい。

サキド　生きて恥辱を味わう方が、死ぬよりも苦しい。この男はそういう男だよ。

ゴロウザ　（ヒュウガに）サキド様はそう言うが、もしも逃げた時は草の根分けても探し出して、八つ裂きにしてくれる。

ヒュウガ　逃げはしない。どこに行っても、この顔は目立つのでな。隠れることなどできはしない。

ゴロウザ　ぬかせ！

と、倒れていたサキドの家来達に、瓢箪から液体を振りまくカイリ。

カイリ　気付け薬だ。すぐに目覚める。

家来達が意識を取り戻していく。

ゴロウザ　ほら、起きろ。お前達。

立ち上がる家来達。

サキド　出立するぞ。向かうは都だ。

立ち去るサキド。

ゴロウザ　サキド様に続け。

カイリ　はい、お帰りはあちら。

ゴロウザと家来達、サキドに続いて立ち去る。見送り終わると、呟くカイリ。

カイリ　……なるほどな。京の都で待つ、か。

探るようにヒュウガを見るカイリ。

ヒュウガ　ああ。そういうことだ。

カイリ　そういうことか。

と、二人、何やらうなずく。

カイリ　しかし、気安く請け負ったが、簡単な仕事ではないぞ。
ヒュウガ　では、策を練らないとな。お前が。
カイリ　丸投げかよ。
ヒュウガ　執権の間者だったんだろう。ミカドのこともよく知ってるんじゃないのか。
カイリ　……策はある。
ヒュウガ　ほう。
カイリ　あとはお前の腕次第、いや、顔次第だ。
ヒュウガ　だったら大丈夫だ。

と、自信ありげなヒュウガ。

カイリ　そう言うと思った。

若干呆れ気味のカイリ。

――暗　転――

【第三景】

京の都の西。
タンバ山。ここに反幕府勢力の一党、斬歌党《ざんかとう》の拠点がある。
今、六波羅探題マストキの軍が討伐に向かっている。軍を指揮するのはキンツナ。
鎌倉からナガスケも来ている。

キンツナ　そろそろきゃつらの領地ですぞ、ナガスケ殿。
ナガスケ　この辺ですか。あの山賊連中の根城は。
キンツナ　ただの山賊なら可愛いものだが、未だにミカドに与し、幕府に楯突く愚かな奴らだ。
ナガスケ　今日こそは根絶やしにしてくれる。
ナガスケ　しかし、六波羅探題のマストキ様がわざわざ都から出なくても。六波羅探題と言えばお役目は都の守護ではないですか。
マストキ　新しくサキドが京都守護の任につくとか。あの派手好きが来る前に一つ大きな手柄を立てておかんとな。

ナガスケ　ああ。
マストキ　キタタカ様へのご報告、よろしく頼むぞ。そのために助力をお願いしたんだ。
ナガスケ　わかってますよ、お任せください。

と、その時、歌声が聞こえる。

歌声　へいほー、へいほー。
マストキ　なんだ、あの声は。
歌声　兵法《へいほう》、兵法、いくさが好きー、（口笛が入る）兵法兵法兵法。兵法、兵法、いくさが好きー、（口笛）兵法、兵法。

と歌いながら、森の小人のように斬歌党が現れる。
率いるのはクスマ。腹心にギテイがいる。
参謀格のタダノミヤは、ゴノミカドの息子である。カイリも一緒にいる。

キンツナ　出たな、山賊ども。
クスマ　山賊ではない。我らは斬歌党。歌って斬るから斬歌党。

カイリ　山に歌い海を渡り野を駆け、邪魔する者は容赦なく斬る。ミカドより他に上無しの自由の民だ。

斬歌党　おう！

クスマ　歌で惑わしたところをいきなり襲う。それが我らの兵法よ！

斬歌党（歌）　兵法！　兵法！　いくさが好きー！

クスマ　必ず世をミカドの治世となす。覚えておきな。

マストキ　山賊風情が偉そうに。お前らみたいな山猿が、軽々しくミカドのお名前を口にするな。

ギテイ　はん。貴様らこそ坂東の田舎武者が偉そうに。こちらには、ミカドの皇子《みこ》がついておられるのだ。

と、タダノミヤが名乗りを上げる。

タダノミヤ　頭が高ーい！　おらこそはゴノミカドの一子、タダノミヤだに！

カイリ　見よ、この抑えようとしてもあふれ出る高貴な気品。逆らう者は目がつぶれるぞ。

タダノミヤ　つぶれるだに！

無闇にテンションの高いタダノミヤ。首をひねっている幕府軍。

タダノミヤ　おっとうの無念はおらが晴らす。ミカドを島流しにするなどという暴挙、必ず執権キタタカには報いを受けてもらうだに！

ナガスケ　やかましい。ミカドは幕府に逆らって島流しにあった罪人。その罪人に与するは罪人も同様だ。しかも、妙になまってるし。何がミカドの息子だ、信じられるか。

クスマ　山暮らしが長かったのでこんな喋り方になったが、タダノミヤ様はまぎれもなくミカドの御曹司。

ギテイ　皇子に対してそのふるまい、無礼であるぞ。

ナガスケ　知ったことか。者ども、かかれかかれ！

キンツナ　ナガスケ殿。軍を指揮するのはわしの役目。

ナガスケ　あー、ごめんなさい。では、みなさん、よろしくでーす。（が、自分はとっとと後ろに下がる）

キンツナ　改めて、者ども、かかれ！

と、襲いかかる幕府軍。

クスマ　山の戦《いくさ》ならお手の物だ。斬歌党の恐ろしさ、思い知らせてやれ！

と、受けて立つ斬歌党。クスマが歌う。

「歌って斬って戦って、飲んで食って寝て戦って。我らは上無し、山の民。幕府はいらぬ、将軍もいらぬ。ミカドの世の中作るため、アホウな武士ども蹴散らすぞ」などといった意味の歌だ。

カイリも共に戦う。時々クスマに調子を合わせて歌う。あっという間にやられる幕府軍。

マストキ　これはいかん。キンツナ。
キンツナ　は。撤退だ、撤退！

と、逃げる幕府軍。

ギテイ　よし、敵は打ち払ったぞ。
クスマ　あたしらの勝利だよ。

「おお」と勝鬨を上げる斬歌党。

カイリ　さすがです、クスマ様。

クスマ　カイリだったね、幕府の連中が攻めてくること、よく教えてくれた。おかげで先手が打てた。礼を言うよ。

カイリ　いえ、こちらに向かう途中、きゃつらを見かけましたのでご報告したまでのこと。

タダノミヤ　しかし、調子よくおら達のことを紹介してただに。初めて会ったとは思えない。

クスマ　しかも歌ってたし。

カイリ　そこはそれ、有名な斬歌党のみなさんですから。

ギテイ　それでお頭に知らせとは。

カイリ　は。沖の島のミカドに刺客が放たれました。

クスマ　なに。

タダノミヤ　おっとうにか。

ギテイ　はて。率直に言えば、島流しにあったミカドにはもう力はない。今、ミカドを殺す必要はないのでは。

クスマ　いや、あのキタタカのことだ。ミカドが生きていることが急に不安になったのかもしれない。

カイリ　まさに。大いに考えられるかと。
ギテイ　しかし、何者ともしれぬその男の言うことが信用できますか。
カイリ　……私は執権の〝犬〟をつとめておりました。ですが、彼らは己のことしか考えていない。鎌倉は腐っております。ミカドを闇に葬ろうなど言語道断。今、ミカドをお助けできるのは斬歌党とクスマ様しかいない！
タダノミヤ　確かに、まだおっとうを死なせるわけにはいかねえ。
カイリ　いい機会だ。ミカドを島からお助けしましょう。
クスマ　やるか、お前達。
ギテイ　やりましょう。
クスマ　斬歌党の力、見せてやろうぞ！

一同、「おう」と声を上げる。
うなずくカイリ。

×　　×　　×　　×

沖の島。海岸。
カコとボンカンが現れる。カコはゴノミカドの愛妾。ボンカンはミカドに従う僧である。二人ともミカドと一緒に島流しされているのだ。

暇を持て余して海岸に散歩に来ているカコ。

カコ　あー、暇だー。

ボンカン　お待ちください、カコ様。勝手にミカドのもとを離れては、また叱られますよ。

カコ　だって暇なんだもの。ほんと、何にもないとこよね、この沖の島は。なんかこう、もっとパッと遊べる所はないの？

ボンカン　まあ、島流しされてるわけですからね。我ら罪人《つみびと》ですからね。

カコ　だいたい、あんたがトンチキな念仏で幕府転覆の呪詛なんかするからいけないのよ。

ボンカン　トンチキな念仏ではありません。髑髏本尊流。密教の奥義でありますぞ。

カコ　はいはい。あー、なんかパッとしたことないかなあ。あっちの海岸から、いい男が笛吹いてきたりしないかしら。

ボンカン　また、そんな夢物語を。

と、笛の音。

ヒュウガが横笛を吹きながら歩いてくる。

カコ　うそ。

ヒュウガ、笛を吹くのをやめてカコに微笑む。カコ、その優雅さに興奮する。

カコ　おおおお。夢？　これは夢？

ボンカン　カコ様、落ち着いて。

ヒュウガ　カコ様？　ではあなたがミカドが寵愛なされている、あのカコ様ですか。

カコ　ミカドなんか知らない！　今の私は一人の女。カコと呼んで！

ボンカン　落ち着いてください、カコ様！

カコ　落ち着かない！　落ち着いてたまるものか！

ヒュウガ、カコの前に立ち、彼女の頭を優しくポンポンと叩いて甘く言い聞かす。

ヒュウガ　落ち着いて、カコ。

カコ　はい。

掌を返すように従順に返事をするカコ。

改めてカコとボンカンにひざまずくヒュウガ。好青年の風を装っている。

ヒュウガ　私はヒュウガ。この笛と歌とで、沖の島に流されたミカドのお心を少しでもお慰めしたい。そう思い秘かに渡ってきました。是非、ミカドにお会わせください。
カコ　えー、ミカドにだけー。
ヒュウガ　もちろんカコ様のお心も。
カコ　了解っす！　おまかせくださいっす！　ボンカン、ご案内を！
ボンカン　ちょっとちょっと。勝手にお通ししちゃまずいですよ、カコ様。
カコ　まずいのは己のそのインチキ臭い風体じゃあ！
ボンカン　そ、それはひどい。
カコ　案内しろっちゅうたら案内せんかい！
ボンカン　わかりました。叱られても知りませんからね。

と、ミカドの屋敷に案内する。

×　×　×　×

風景が変わりゴノミカドの屋敷。
カコ、ボンカンに連れられてヒュウガもやってくる。
と、ゴノミカドの姿が現れる。

禍々《まがまが》しき祭壇。その中央に髑髏。ゴノミカドが何やら祈っている。それが歌になっている。

「カンド、カンドマ、ハラミッタ。闇より生まれ光となるものの祈り聞きたまえ。我こそはゴノミカド。一度は幕府転覆を望み、闇に呪詛したる者。こうして遠流《おんる》の身となるも、その志《こころざし》未だ果てず。わが祈り、何卒何卒叶えたまえ。カンド、カンドマ、ハラミッタ」

などといった意味の祈りを歌っている。

途中からボンカンも歌に加わる。

（カンド、カンドマは荼枳尼天《だきにてん》のチベットでの呼び名。髑髏本尊流は荼枳尼天を仰ぐ邪教という設定である）

ゴノミカドの歌（祈り）が終わる。

カコ　ミカド、お客様をお連れしました。
傅くヒュウガ。じっと見つめるゴノミカド。

カコ　この者の名はヒュウガ。ヒノモト一の笛の名手。ミカドの御心をお慰めするためこの島に渡ってきたと……。

と言うカコの言葉を遮るミカド。

ミカド　あかんあかん、その男はあかん。帰ってもろて。

カコ　え。

ヒュウガ　お待ちください。私はただ笛を。

ミカド　あんさん、嘘はあかんで。その目え見たらわかる。あんさんもわてを使《つこ》おて、幕府いてこましたろ。その下心が丸見えや。

ヒュウガ　そんな。

ミカド　そんなもだんなもあらへん。前ん時もそうや。ぼんくら公家達にそそのかされて、ちょっと幕府に痛い目見せたろ思たらこのざまや。わてはもうこりごりや。鎌倉に逆らう気など金輪際あらへん。

ヒュウガ　でも、今、呪ってませんでした？　歌いながら、わが祈り叶えたまえって。

ミカド　ああ、あれか。ボンカン、今日の晩御飯は。

ボンカン　ミカドのお好きな蓮根の挟み揚げですよ。

ミカド　やったー。ほら、祈りが叶ったで。

ヒュウガ　晩ご飯？　そのための祈り？
ミカド　ミカドやさかいな。何をやるにもいろいろ邪魔くさいんや。かなんわ。
カコ　ミカド、この方も一緒に晩ご飯を。（と、ヒュウガを指す）
ミカド　いらんいらん。わての話聞いてなかったんか。こん男にはとっととお引き取り願《ねご》うて。はい、さいなら。

と、そっぽを向くミカド。と、気持ちを切り替えるヒュウガ。それまでの好青年の風を捨て、いつもの冷たい顔になる。

ヒュウガ　さすがはゴノミカド。取り繕った俺が悪かった。あなたの仰る通り、笛でお気持ちを慰めたいなどとは欠片も思っていない。俺は、あなたの首を取りに来た。

驚くカコとボンカン。

カコ　えええ。
ボンカン　ほらあ、カコ様、言わんこっちゃない。

と、ミカドの目の色が変わる。

ミカド　わての首、でっか。

ヒュウガ　はい。

ミカド　そいつはおもろいなあ。（と、改めてヒュウガを見る）あんさん、いい男やね。

ヒュウガ　はい。

ミカド　本音はいてからの方が、また一段といい男になりくさったわ。その顔で天下取れる、そう思てる顔や。

ヒュウガ　はい。

ヒュウガ、「はい」とだけ繰り返すが、段々と酷薄さが増してくる。

ミカド　ええ返事やな。虫酸が走るで。

と、祭壇に刺してあった宝剣を抜く。

ミカド　だったら、その顔に傷つけたろか。あんさんの顔とわての首をかけて勝負や。

ヒュウガ　ミカド自ら。
ミカド　なめてもろたらあかん。こう見えて武闘派でんねん。ほな、行くで。
　　と、ミカド、ヒュウガに剣で襲いかかる。
　　ヒュウガ、帯に刺していた笛を抜いて、それで剣を受け、時に身をかわす。
ミカド　どしたどした。この首取るんやなかったんかい。避けてばっかりじゃ、どもならんぞ。
　　剣を捌きながら微笑みを浮かべているヒュウガ。
ミカド　ほんまええ顔やなあ。むかつくわ。いてまえ、ほら！
　　ヒュウガはかわしながらもミカドを見つめている。
ミカド　どないした。黙って見とるだけか。

ミカドの斬撃。ヒュウガ、それをかわして彼の目の前に立つ。じっと彼を見つめるヒュウガ。

ヒュウガ　それで充分だろう。

ミカド　……。

そのヒュウガの瞳に吸い込まれるような気持ちになるミカド。彼の視線に取り込まれる。と、刀を捨て、いきなりヒュウガに接吻するミカド。

驚くボンカンとカコ。

二人　えー!?

と、我に返りヒュウガから離れるミカド。

ミカド　わ、わては何を。（と、狼狽えている）

と、彼の手を摑んで抱き寄せるヒュウガ。

今度は自分から接吻する。思わずヒュウガの身体に手を回すミカド。

カコ　ミ、ミカド……。

ヒュウガをふりほどくミカド。

ミカド　な、な、なんやねん、われ。

未だ動揺しているミカド。
と、突然、ヒュウガ目がけて矢が飛んでくる。弓を持ったアキノが現れる。雅楽の蘭《らん》陵《りょう》王《おう》の雰囲気がある甲冑と仮面をつけている戦《いくさ》装《しょう》束《ぞく》の女性だ。ただし、胸に髑髏を つなぎ合わせた胸飾りをしている。続けざま、ヒュウガに矢を射るアキノ。ヒュウガ、それをかわす。

アキノ　ご無事ですか、ミカド。
ミカド　おお、アキノか。
カコ　アキノ!

ボンカン　助かった。
アキノ　みなさん、お下がりください。

仮面をはずすアキノ。接近戦では視界が狭くなるのではずしたのだ。カコが受け取る。その動作は淀みない。普段からそういう距離感なのだ。

カコ・ボンカン　はい。

仮面を渡されたカコと、ボンカンは逃げ去る。

アキノ　ミカドも。
ミカド　いや、わては見物や。

と、その場に残るミカド。承諾するアキノ。

アキノ　は。（ヒュウガに）ミカドに対しての狼藉千万、万死に値する。おとなしく地獄に落ちなさい。

ヒュウガ　お前は。
アキノ　名をアキノ。ミカドをお守りする守護役だ。
ヒュウガ　アキノ？　そうか、髑髏《どくろ》の蘭陵王《らんりょうおう》とはお前か。
アキノ　知っていたか。
ヒュウガ　ミカドのそばに恐ろしく腕の立つ戦女《いくさめ》がいるという話はな。

と、アキノを見つめるヒュウガ。ミカドが笑う。

ミカド　やめときやめとき。あんさんの技はアキノにはきかん。
ヒュウガ　？
ミカド　そのおなごはな、自分が殺した男しか愛せへん。胸の髑髏は全部、アキノが殺した男や。
アキノ　そう、これが私の恋人達。（と、胸の髑髏を指して微笑む）。私に好きになって欲しければ私に殺させて。
ヒュウガ　面白いね。だが、一人の女に殺されるのは許してくれないんだ。
アキノ　誰が？
ヒュウガ　この俺が。

アキノ　ふうん。ちょっと殺したくなった。

と、剣を抜きヒュウガに襲いかかるアキノ。笛で受けるヒュウガ。アキノの剣を捌くとその腕を摑んで押さえる。

ヒュウガ　それで俺を殺せるか。
アキノ　ええ、私の矢がね。

と、忍び装束の男達が五、六人現れる。手に得物。同時にアキノがヒュウガの腕を振り払い斬撃。ヒュウガかわして距離を置く。

ヒュウガ　（周りを見て）ずいぶん無骨な矢だな。
アキノ　その名を陰之矢《かげのや》。私の意のままにミカドをお守りする一族よ。

と、ヒュウガに襲いかかる陰之矢達。
ヒュウガ、陰之矢の一人の刀を奪うと、それで戦う。戦いながら、ミカドに語りかける。

ヒュウガ　ミカド、確かに俺はあなたの首を取りに来た。だが首だけではない。その身体も御心もすべていただきたい。
ミカド　なんやて。
ヒュウガ　先ほど、この顔で天下を取るつもりかと問われたな。確かに「はい」と答えた。何のために天下を取るか。あなたに献上するためだ。
ミカド　え。

と、陰之矢を全員倒すヒュウガ。

アキノ　陰之矢が……。
ヒュウガ　お前の矢は尽きたか？
アキノ　まだまだ。
ミカド　……やめとき、アキノ。
アキノ　ミカド。
ヒュウガ　（ミカドに）いつまでこんな島に籠もっておられる。その御首根っ子をひっつかんででも、ヒノモトに号令をかけていただく。「幕府を倒せ」と。俺があなたの首を

ミカド　取ると言ったのは、倒幕の御印《みしるし》となっていただく。その意味だ。
アキノ　……けったいなこと抜かしよる。
ヒュウガ　しかし、兵はどうする。倒幕には、相応の兵がいる。
ミカド　ご心配なく。そろそろ到着する頃だ。

と、クスマやギテイ達斬歌党が駆けつけてくる。

クスマ　ミカドー、ミカドー!!
ミカド　クスマか。
クスマ　ミカドの御首を狙う者がいると聞き、幕府の役人どもを打ち倒して、かけつけて参りました!
ミカド　そうか。それはご苦労やったなあ。

カイリも出てくる。

ヒュウガ　さすが。いい頃合いだ。
カイリ　どうだ、そっちは。

ヒュウガ　もちろん。（と、うなずく）

タダノミヤがミカドに駆け寄る。

タダノミヤ　おっとう、生きてっか、おっとうー!!

そのテンションに思わずミカドを守るアキノ。タダノミヤに首をかしげるミカド。

ミカド　……誰？

刀をタダノミヤに向けるアキノ。

タダノミヤ　タダノミヤだに、おっとうの息子の！
ミカド　しらん。
タダノミヤ　そんなー。

と、その声に出てくるカコとボンカン。

ボンカン　おお、これはタダノミヤ様。
タダノミヤ　ボンカン、元気だったか。
ミカド　知り合い？
タダノミヤ　だから息子だに。
アキノ　（カコに問う）本当に？
カコ　ええ。ミカドの皇子《みこ》は多いから本人も覚えきれないんですよ。
アキノ　……これは御無礼を。

と、刀を収めるアキノ。

クスマ　で、ミカドの首を取ろうってふてえ野郎は、こいつですか。

と、ヒュウガを睨みつけるクスマ。

ミカド　ああ、そうや。こん男がわての首を取りに来た。

と、クスマ達、一斉にヒュウガを睨みつける。

ミカド　首だけやない、わての心も身体も丸ごとや。わての首根っ子ひっつかんで、この島から引きずり出しに来よったわ。

クスマ　……それはどういう。

ヒュウガ　お前達はミカドの危機に駆けつけた。間違いなくミカドの兵だ。

カイリ　俺はその気持ちを確かめたかった。そのために嘘をついた。だが、それもすべてはミカドのためだ。

ミカド　（ヒュウガに）これもあんさんの仕込みか？

ヒュウガ　ええ。

ミカド　かなんなあ。

ヒュウガ　あとはあなたのお気持ちだけ。

ミカド　わかった。その神輿、乗ってやろうやないけ。ボンカン、檄を飛ばせ。兵を挙げるで。今度こそ、くされ幕府、いてこましたろうやないけ！

一同　おおー！

クスマ　船をご用意しております。こちらに。

ミカド　おお。

と、クスマに案内されてミカド、ボンカン、カコ達は去る。タダノミヤやギテイも一緒に去る。

残っているのはヒュウガとカイリ。そして少し遠くにアキノ。

カイリ　うまく説得したようだな。

ヒュウガ　ああ。お前の読み通りだった。

カイリ　あとは、サキドがどう出るか。

ヒュウガ　そうだな。

と、アキノ、ヒュウガのそばに寄り、彼の頭を両手で触る。

アキノ　うん、結構いい形。

怪訝な顔のヒュウガに囁くアキノ。

アキノ　死んだらいい髑髏《しゃれこうべ》になりそう。楽しみね。

そう言うと、チラリとカイリを見る。

カイリ、「なにか?」という表情。

そのカイリを無視して、踵を返してミカドの後を追うアキノ。彼女を見送る二人。

カイリ　髑髏《どくろ》の蘭陵王《らんりゅうおう》か。厄介な奴に気に入られたな。

ヒュウガ　かまいはしない。いつものことだ。

カイリ　だな。いちばん厄介な男にいちばん気に入られてるしな。

ヒュウガ　誰に?

カイリ　お前自身だよ。

ヒュウガ　なるほど。

微笑むヒュウガ。が次の瞬間、カイリを殴る蹴る。虚を突かれたカイリ、ヒュウガの攻撃をまともに食らう。あおむけに倒れるカイリ、その腹を踏むヒュウガ。

ヒュウガ　(微笑んだまま)知ったような口を叩くな。

が、その足をカイリは両手で摑んで止めている。

ヒュウガ　ぬ？

カイリ　図星を指されるのは嫌いなようだな。

ヒュウガ　……。

足を押し返すと、カイリ、起き上がる。

カイリ　人を踏み台にしてのし上がるのは、結構なことだ。ただ、踏む相手は間違えるな。

ニッコリと笑うヒュウガ。

ヒュウガ　そうだな。助言、感謝する。

と、立ち去るヒュウガ。

カイリ　……こわいこわい。

その後ろ姿を見送り呟くカイリ。

——暗　転——

【第四景】

京の都。
マストキの屋敷。
膳を前にしたキタタカとエンキ、ナガスケがいる。
女達が酌をしている。マストキが二人をもてなしているのだ。

ナガスケ　ささ、キタタカ様。
キタタカ　（酒を飲み）うまい。都の酒はまた格別だな。
エンキ　まさに。
マストキ　鎌倉からわざわざ足をお運びいただき有難うございます。
キタタカ　ああ、たまにはな。このヒノモトを支配しているのは執権であるこのわし。本来ならばこの京の都に住んでもいいのだが、武士どもの手前そうもいかぬ。
エンキ　斬歌党のクスマを打ち払ったと聞いたので、その祝いもかねて参ったというわけだ。
ナガスケ　はい。我らの活躍で、京の西に巣くっていたきゃつらを打ち払いました。

小声でナガスケに囁くマストキ。

マストキ　いいのか、ナガスケ。儂らに都合のいい報告を真に受けてらっしゃるぞ、執権様は。

ナガスケ　（囁き返す）大丈夫大丈夫。奴らがタンバ山から姿を消したのは事実です。執権様がいる間だけ取り繕っときゃなんとかなりますって。

と、そこに家来の一人が駆け込んでくる。

家来　大変です。都の西に斬歌党の大軍が現れました。

マストキ　ええ!?

家来　しかも、ゴノミカドがその軍を指揮しています。

キタタカ　ミカドが島を抜け出したというのか!?

エンキ　マストキ、これはどういうことだ。

マストキ　いや、それはその……。（ナガスケに小声で）ばれちゃったじゃないか。

ナガスケ　あれー。（と、無責任に答える）

エンキ　（キタタカに）斬歌党は山を根城にする者達。探題の手先の目を盗み、山に隠れて大

キタタカ　軍を動かしていたものかと。なるほど。
家来　キンツナ殿とサキド殿がこれを迎え撃つべく、出陣しております。
マストキ　わしも参る。サキド如きに手柄を立てさせてなるものか。この失態、必ずや戦場で償ってみせます。
キタタカ　しっかりやれ。
ナガスケ　マストキ殿、頑張って。
マストキ　そなたは。
ナガスケ　私は執権殿をお守りせねば。
マストキ　まったく。では！（家来に）行くぞ！

怒りながら戦いに向かうマストキ。家来と共に駆け去る。

キタタカ　エンキ、頼りになる者は何人いる。
エンキ　およそ五〇人ほどかと。
キタタカ　それでいい。すぐに鎌倉に戻るぞ。ここでミカドの軍に襲われては反撃の仕様もない。鎌倉で兵を集める。

エンキ　は。ナガスケ、急ぎ、出立の仕度を。

ナガスケ　ははあ！

キタタカとエンキ、ナガスケも席を立つ。

そこまでの話を聞いている女達が残っている。互いにうなずきあう。彼女達がいることも気にしていないキタタカ達だった。

×　　×　　×　　×

京の西。タンバ山の麓。

斬歌党と六波羅探題の兵が戦っている。

指揮しているのはキンツナ。

キンツナ　者ども、一歩も退くな。たとえミカドだろうと今は罪人。京の都に足を踏み入れさせてはならん！

と、ヒュウガ、カイリ、アキノ、クスマ、ボンカン、そしてゴノミカドが現れる。

ヒュウガ　下がれ下がれ、ゴノミカドであらせられるぞ。

カイリ　ミカドの都へのご帰還を邪魔する者はすなわち朝敵。
クスマ　天に背くものである。
ミカド　心して歯向かうがよい！

怯む探題兵。

キンツナ　ぬぬぬぬぬ。

そこにサキドとゴロウザが現れる。

サキド　ヒュウガ！
キンツナ　おお、サキド殿。
ヒュウガ　現れたな、サキド。約束通りミカドの首、取ってきたぞ。
サキド　生きて連れてこいとは言わなかったはずだ。
ヒュウガ　そうか？
カイリ　俺達にはそう聞こえたが。
サキド　ほう。

カイリ　あなたは京の都で待つと言った。なぜ鎌倉ではなく京の都か。ヒュウガもあなたもミカドの命を取るとは一言も言わなかった。それはどういう意味か。

ヒュウガ　なにより、死んだミカドよりも生きたミカドがこの都に戻る方がよほど面白い。お前もそう思ってたんじゃないのか。

ミカド　言うてくれるなあ、ヒュウガ。

アキノ　ミカドに不遜なその物言い。殺されたい？

ミカド　かまへん（とアキノを止める）。ひっさしぶりやなあ、サキド。沖の島に流された時、送ってきたんは、あんさんやったな。

サキド　は。

ミカド　どうや、サキド。幕府はおもろいか。

サキド　……。

ミカド　わてはおもろいで。

サキド　……。

ミカド　しかも、おもろい連中連れて戻ってきた。これからもっとおもろなるで。

焦ったキンツナが声をかける。

キンツナ　どうした、サキド殿。例えミカドだろうと島抜けは大罪。幕府への反逆は明らかだ。
サキド　……ゴロウザ。
ゴロウザ　は。

と、ゴロウザ、躊躇せずにキンツナの部下を斬る。

キンツナ　な、なにをする！

と、サキド、キンツナに斬りつける。キンツナ、刀を落とす。キンツナ浅手。

サキド　六波羅探題マストキに伝えよ。京都守護役サキド、ゴノミカドとその一党を京の都にお迎えする。邪魔する時は腕ずくでもまかり通ると。
キンツナ　う、裏切ったか。
サキド　私の役目は京都の守護、京の都を守るのに最もふさわしい道を選んだだけだ。さあ、とっとと行け！

キンツナ、走り去る。

クスマ　生かして帰すとはずいぶんと優しいことだね。
カイリ　いや、その方が効果的だ。
サキド　ああ。あ奴は恐怖を持って帰った。その恐怖はマストキにも伝わる。彼らの家来にも広がっていく。脅えた兵を撃つのはたやすいことだ。
ヒュウガ　戦う前に勝つ手を打つか。さすが戦上手《いくさ》のサキドだな。
アキノ　でも、つまらない。手強い敵を殺すのが面白いのに。
ミカド　そう言うな、アキノ。わてへの忠心、嬉しく思うで、サキド。
サキド　戦いは始まったばかり。今は兵の疲労は少しでも抑えるべきかと。ですが、このサキドの命、ミカドの御代のためならば、惜しむつもりは毛頭ない。できるだけ派手にお使いください。
ミカド　あんじょう頼《たの》んまっせ。ほな、乗り込むで。都をわての手に取り戻す。気合い入れて行くで！
一同　おう！

と、ボンカンとヌイが現れ歌いだす。

ボンカン（歌）　一度は絶望の淵に落ちた男が、今、また立ち上がる。
ヌイ（歌）　天命を受けた五人の英雄と共に。
ボンカン・ヌイ（歌）　今、都に王が、ミカドが帰還する。

ヒュウガ、カイリ、アキノ、クスマ、サキド、ミカドで「ミカドの帰還」を歌う。六人がそれぞれボーカルパートを持ち、やがて一つになって盛り上がる。例えばロックオペラのようなイメージ。

×　×　×　×

キンツナ、マストキが指揮する六波羅探題の兵とクスマとギテイが指揮する斬歌党を中心とするミカド軍との戦い。
カイリ、アキノ、サキドもそれぞれ戦う。アキノは陰之矢が、サキドはゴロウザが助けて戦っている。探題軍を打ち破るミカド軍。
その戦いの中、ヒュウガの姿がないことに気づくカイリ。

カイリ　……ヒュウガ、どこに行った。

と、呟くと彼を探して走り去る。

×　×　×　×

都の東。谷間。

キタタカ、エンキ、ナガスケが笠で顔を隠して逃げている。辺りを見るナガスケ。

ナガスケ　どうやら都を抜けました。
　エンキ　供の者もやられてもうこの三人だけ。まいりましたな、サキドが裏切るとは。
キタタカ　心配するな。鎌倉に帰ればこちらの味方の武士達は山ほどいる。あれら烏合の衆などおそるるに足らず。
ナガスケ　さすがはキタタカ様。心強い。
キタタカ　ばか、うかつに名前を呼ぶな。

と、斬歌党の一群が現れる。

斬歌党1　いたぞ、キタタカだ。
斬歌党2　執権がこんな所に。
斬歌党1　こいつはいい。首を取れば大手柄だ。
キタタカ　だから言ったじゃないか。

ナガスケ　す、すみません。

襲いかかる斬歌党。たちまち追い詰められるキタタカ達。

と、そこに蘭陵王の仮面を被った男が野武士達を引き連れて現れる。

蘭陵王　やれ。

蘭陵王の合図で野武士達が斬歌党に襲いかかる。蘭陵王も戦う。あっという間に斬歌党を斬り殺す。

キタタカ　助かった……のか。

蘭陵王　ええ。（と、うなずくと）お前達。

と、白拍子の女達が現れる。

蘭陵王　この女達にまぎれて鎌倉までお逃げください。

と、薄衣と女物の着物をキタタカ、エンキ、ナガスケに着せる女達。

エンキ　どうされます。

ナガスケ　迷ってる場合じゃない。早く行きましょう。

キタタカ　（蘭陵王に）おぬしは。

蘭陵王　幕府に心寄せている者はこの京の都にもおります。キタタカ様が無事に鎌倉に戻られ、ゴノミカドを討ち滅ぼした時、この面を持参いたします。その時、褒美をお考えください。

キタタカ　蘭陵王の面か。

蘭陵王　はい。

キタタカ　わかった。感謝する。

蘭陵王　（女達に）行け。必ずキタタカ様を鎌倉までお送りしろ。

女達、「はい」とうなずくと、キタタカ達を誘って足早に立ち去る。

蘭陵王　（野武士に）お前達もいい腕だった。

野武士1　俺達野武士ですが、武士は武士。公家がでかい顔するのが面白くねえ。

野武士2　こういう仕事で銭がもらえるなら、言うことはねえ。また何かあったら使ってください。

蘭陵王　ああ。だが、次はない。

と、いきなり野武士達に斬りかかる蘭陵王。

野武士1　な、なぜだ。口封じか。

蘭陵王　わかってるのなら、おとなしく死ね。

全員斬り殺す蘭陵王。

仮面をはずして息を整える。ヒュウガである。奥に声をかける。

ヒュウガ　見てるんだろう。出てこい。

と、カイリが現れる。

カイリ　相変わらず、男には容赦がないな。

ヒュウガ　用のない者には、だ。さすがにお前の目はごまかせなかったか。
カイリ　ふらりと消えたからな、妙だと思った。なぜキタタカを逃がした。
ヒュウガ　奴には鎌倉にいてもらわなければ困る。
カイリ　……鎌倉で討つ方が都合がいい、か。確かにそうだ。
ヒュウガ　さすがにわかりが早い。
カイリ　でなければ、お前に見限られるだろう。俺はまだ斬られたくはないからな。
ヒュウガ　よく言う。
カイリ　キタタカが京に来ているのも、女達からの知らせか。
ヒュウガ　ああ。京にも俺の味方をしてくれる女達はいくらでもいる。
カイリ　その仮面も次の一手か。（と、蘭陵王の仮面を指す）
ヒュウガ　種は撒いておいた方がいい。
カイリ　つくづく怖い男だな。
ヒュウガ　違うな。つくづく美しい男なんだよ。
カイリ　それが怖いということだ。その先に何を見る？
ヒュウガ　その先？
カイリ　ミカドとキタタカを戦わせたその先だ。
ヒュウガ　俺の世だ。朝廷も幕府も、ミカドも将軍も執権も全部壊してないまぜにする。光は

カイリ　俺だけでいい。このバサラのヒュウガだけで。そう、俺がめざしているのはバサラの王だ。
ヒュウガ　……。
カイリ　そろそろ六波羅探題の館攻めの刻限だ。戻るぞ。
ヒュウガ　ああ。

駆け去るヒュウガ。その背中を見つめるカイリ。

カイリ　……バサラの王だと。

その響きには感心とともに怒りの響きも混じっている。ヒュウガの後を追うカイリ。

×　×　×　×

六波羅探題の屋敷。燃え落ちている。
ギテイとゴロウザが縛られたマストキとキンツナを連れてくる。
ミカド、クスマ、サキド、アキノが待っている。

ギテイ　六波羅探題マストキとキンツナ将軍を捕らえました。

クスマ　ご苦労だったね、ギテイ。
サキド　ゴロウザも。
ゴロウザ　いや、ギテイ殿が率いる斬歌党、なかなかの働きでした。ま、この二人を捕らえたのは私ですが。
サキド　そういうことは秘すれば花だ。自重しろ。
ゴロウザ　これは失礼いたしました。
クスマ　この二人、いかがなさいますか、ミカド。
ミカド　あんさんら、悔しいか。

と、マストキとキンツナに問いかける。

マストキ　こんなことをしてどうなさる。
キンツナ　鎌倉は決してあなたを許しませぬぞ。今度は島流しではすまない。
マストキ　悪いことは言わぬ。今は我らを助けて和睦の使者に。
キンツナ　ミカドにとっても不利にならぬよう、執権殿を説得し申す。
ミカド　なんかむかつくな。なに、偉そうに言うてんねん、このどアホどもが。

と、二人の頭をしばく。

クスマ　お手が穢れます、ミカド！
ミカド　殺してええで、アキノ。
アキノ　いいえ、好みではないので。
クスマ　今回の戦《いくさ》の一番の働きは我ら斬歌党。是非、このギテイめに斬首の役目を。
サキド　はて、捕らえたのはゴロウザと言っておったが。
クスマ　秘すれば花ではないのか、サキド殿。
サキド　花が咲いてしまえば愛でるのもまたこの世の理《ことわり》。

と、そこにヒュウガが戻ってくる。

ヒュウガ　遅くなりました、ミカド。

と、言いながらマストキとキンツナの横を通りすぎる。その時、無造作に二人を斬る。
低く悲鳴を上げて絶命するマストキとキンツナ。
絶句するクスマとサキド。

クスマ　そなたは何を……。
ヒュウガ　え、ああ、邪魔だったから。何か？
クスマ　何かって……。
サキド　戦《いくさ》の最中、姿が見えなかったが、どこに行っていた。

と、カイリが武士の生首をいくつも槍に下げて現れる。

カイリ　申し訳ありません。逃げる残党を追って山科《やましな》の方に。首は取って参りました。
ヒュウガ　六波羅探題本隊の方はサキド殿とクスマ殿がついておられるので心配ないかと。
ミカド　そうか。それはご苦労やった。ほなわては御所に戻るで。クスマ、サキド、各地の大名に文を出すぞ。いよいよわての政《まつりごと》を始めるとな。
クスマ・サキド　は。
ギテイ　お前達。

と、家来を呼んでマストキとキンツナの遺骸を運んでいく。
と、ヒュウガとカイリを残しそれぞれ散っていく。

ミカドはアキノと一緒。途中でアキノに囁く。

ミカド　（ヒュウガを示して）あの男には用心しい。顔の良さに隠れて腹が読めん。
アキノ　少し動きます。
ミカド　ああ。好きにせえ。

と、一旦二人、立ち去る。
残るヒュウガとカイリ。

ヒュウガ　ミカドの政か。ここからが本番だ。
カイリ　ああ。

ヒュウガ、立ち去る。その背中を見つめているカイリ。一瞬、その表情が険しくなる。が、すぐに元に戻り、立ち去ろうとする。その足下に矢が飛んでくる。避けるカイリ。刺さった矢を引き抜くと、奥に声をかける。

カイリ　呼び止めたいんなら声をかけてくれ。いちいち矢を放つな。

と、弓を持ったアキノが出てくる。

アキノ　でも、この方が確実に止まってくれる。
カイリ　ヘタな所に当たったら、心の臓も止まるぞ。
アキノ　それはそれでいい。
カイリ　よくない。全然よくない。
アキノ　当たる気もないくせに。
カイリ　それで何の用だ。
アキノ　ねえ、ヒュウガ、殺す気でしょ。
カイリ　……俺が？　まさか。
アキノ　私、わかるんだ、そういうの。あなたの気配。ヒュウガに向かって弓を引いてるのが見える。
カイリ　馬鹿馬鹿しい。

と、立ち去ろうとするが、いきなり反転して得物でアキノに襲いかかる。その動き、今までにないほど俊敏。アキノも剣で受けるがカイリに圧される。

アキノを助けようと陰之矢が数人、闇から飛び出しカイリに襲いかかる。が、その陰之矢をあっという間に斬り伏せるカイリ。
そして、アキノの首筋に得物を当てる。

カイリ　あいつは俺が殺す。妙な手出しをしたら、その前にお前を殺す。
というカイリの表情も声も、今までに見たことも聞いたこともないような冷たさ。

アキノ　いいわ、それ。とてもいい。
と、得物を握っているカイリの手首を摑み、得物を自分の口元に持ってくるアキノ。
その得物の刃を舌で舐める。

アキノ　協力させて。あなたがヒュウガを殺すところを見てみたい。
カイリ　そして、その俺を殺すつもりか。
アキノ　うぬぼれないで。それはその時次第。
カイリ　まったくどいつもこいつも、どうかしてる。

アキノ　あなたが一番かも。

と、アキノ、剣を差し出す。カイリ、その剣に得物を当てる。二人の得物が交差する形になる。

カイリ　これは二人の盟約だ。

アキノ、うなずく。

二人の姿を闇が包む。

——第一幕・幕——

―第二幕―　皇武激突死に近し

【第五景】

テロップ&ナレーションが流れる。

T&N　京の都を奪い返したゴノミカドは、自らがヒノモトの王であると宣言。朝廷によるミカド自身による政《まつりごと》を開始した。だが、朝廷内も一枚岩ではなく、鎌倉幕府の執権キタタカも未だ健在。火種くすぶるヒノモトであった。

×　×　×　×

京の都。二条河原に民達が集まっている。
その片隅に高めの物見台がしつらえてある。緋毛氈《ひもうせん》が敷かれていて酒宴の用意がしてある。そこにサキドとゴロウザ、クスマとギテイがいる。

クスマ　どうした、急に呼び出して。
サキド　少し話があってな。が、その前に一余興だ。

クスマ　余興?

と、陽気な音楽が流れ始める。ヌイと猿楽の面々が楽器を鳴らしながら現れる。

サキド　ほら、始まるぞ。

ヌイ、歌い始める。

ヌイ（歌）　この頃都に流行るもの、夜討ち強盗偽綸旨《にせりんじ》、隠れ潜んだ公家達が、煤《すす》にまみれた杓《しゃく》持ちて、ミカドミカドと奉《たてまつ》り、官職得るはめでたけり。

都の民達が喜んで見ている。
クスマ、サキドに問いかける。

クスマ　あれは、ミカドの政を揶揄しているのか。
サキド　まあ、そうなるかな。
ゴロウザ　実際に戦った武士にはろくに恩賞も与えず、どこの誰ともわからぬ公家達に官職と

ギテイ　恩賞を与えているのは事実。
サキド　しかし、歌っているのはサキド様の手の者では。
まあな。余興はこれからだ。

と、ボンカンと僧の一群が現れる。

ボンカン　庶民どもが勝手なことを。折伏しますぞ。
僧達　は。

と、今度はボンカンと僧達が歌いだす。

ボンカン（歌）　この頃都に流行るもの、俄大名《にわかだいみょう》迷者《まよいもの》。田舎暮らしの無骨者、我が身も知らず、
公家気取り。政には刀より、身分が大事となぜ知らぬ。
ボンカン　ミカドのご威光にひれ伏すがいい。

と、都の民達が文句を言う。

都の民1　ふざけるな！　ミカドの世になって暮らしは苦しくなるばかりだ。
都の民2　そうだそうだ。帰れ帰れ！

と、ボンカン達に石を投げる民達。

ボンカン　ああ、ミカドに仕える拙僧になんてことを。
僧達　やめてくれ、やめてくれ。
ヌイ　やめることはない。みんな、やっちまいな。
都の民達　おお！

ヌイに煽られて民衆の怒りはおさまらない。
それを見てクスマに言うサキド。

サキド　見ろ、あれが民達の本心だ。
クスマ　しかし、ちょっとやりすぎでは。
サキド　それだけ怒っているということだ。いいのか、このままミカドに政を任せて。
クスマ　そのつもりで兵を挙げた。貴殿は違うのか。

サキド　……面白いか、今のミカドの世は。

クスマ　面白いかどうかは関係ない。義が通るかどうかだ。

ギテイ　（まだ民に取り囲まれているボンカンを見て）見てられん。クスマ様、止めましょう。

クスマ　ああ。

と、立ち上がるクスマ。

サキド　待て。まだ余興は終わってない。

クスマ　なに。

サキド　あれを。

と、音楽が流れる。カイリが現れる。彼が歌う。

カイリ（歌）　この頃都に流行るもの、浮かれ公卿《くぎょう》に田舎武者、京鎌倉をかき混ぜて一座そろわぬ
えせ連歌《れんが》。一寸先は闇なれど、眉目秀麗明眸皓歯《びもくしゅうれいめいぼうこうし》、切り裂く光ここにあり。

と、カイリが指し示す。

ヒュウガが立っている。その後ろに散華《ちりばな》の女子達《おみなご》。そこだけ光が差すように明るくなっている。

ボンカンを取り囲んでいた民達もヒュウガに見とれている。歌いだすヒュウガ。それはバサラの宴の時と同じ歌。

「自分こそが光、その輝きに目を眩ませろ。一瞬先に命絶えてもその美しさに包まれれば悔いはない。それがバサラ。ともに生きようバサラの生を、ともに溺れようバサラの宴を」といった内容の歌だ。

女達、舞い踊る。

ヒュウガの輝きに、民達も夢中になり歓声を上げる。

その魅力に、ついフラフラとヌイとボンカンもサビの部分を一緒に歌う。

ヒュウガが歌い終わると、民達は歓声を上げ熱狂する。

ヒュウガ　バサラの宴は続く。この俺の光がある限り。それを忘れるな。

と言うと立ち去る。女達も彼に続く。

人々、興奮が抜け虚脱状態。ヌイもボンカンも我に返る。呆然としている。

クスマ　奴が来るのがわかっていたのか。

サキド、そうだという自嘲気味の笑み。

サキド　いくら私が仕込もうとも、最後はあ奴がかっさらう。サキド好みも形無しだ。
ゴロウザ　サキド様。

と、諫めるゴロウザ。かまわずクスマに言うサキド。

サキド　お互い、目が眩まないようにしないと、己の道も見失うぞ。
クスマ　……話とはそのことか。
サキド　ああ。斬歌党とともに歩めれば面白い。そう思っている。

その言葉を受け止めるクスマ。
と、そこにミカドの使いが現れる。

使い　サキド様、クスマ様。ミカドがお呼びです。

クスマ　わかった。（サキドに）ご忠告感謝しよう。いくぞ、ギテイ。

と、クスマはギテイと立ち去る。

サキド　我らも、ゴロウザ。

ゴロウザ　は。

クスマとサキドが会話しているのを物陰で見上げているカイリ。彼女達の様子を探っていたのだ。

それぞれ、闇に消える。

×　×　×　×

御所、内裏。公家達がいる。

中心にいるのはバタフサ、コジフサ、シダフサの三名。シダフサは右大臣、コジフサは左大臣、バタフサは太上《だじょう》大臣である。顔は白塗り。

それぞれ文机の前に座り山のように積まれた陳情書を見ている。

そこにミカドがカコとアキノを伴って現れる。

ミカド　はい、ご苦労さん、ご苦労さん。
バタフサ　おお、これはミカド。
ミカド　ええか、公家の訴えはできるだけ聞いたれ。その分、武士が貧乏くじ引いてもかまへん。
カコ　そうそう。武士は公家に仕えるのがお役目。
ミカド　わてがおる限り、二度と田舎侍達が政に手え出すことはあらへん。あんさんらは、安心して仕事に精出しいや。
コジフサ　ははあ、有難きお言葉。
シダフサ　しかし、あの物騒な連中が黙っておるでしょうか。
ミカド　心配せんでええ。こっちにはアキノがおる。こん子はめっぽう腕が立つけど、立派な公家の娘や。あっちに寝返ることは金輪際あらへん。
アキノ　おまかせを。

と、そこにタダノミヤが現れる。

タダノミヤ　話があるだに、おっとう。
ミカド　お前……。（と、タダノミヤを睨みつけるが）誰？

タダノミヤ　タダノミヤだに、息子の。
ミカド　知らん。誰？（と、アキノとカコに聞く）
カコ　息子さんですよ。
アキノ　皇子《みこ》のタダノミヤ様です。
ミカド　……そうなの？
タダノミヤ　そうだに、まぎれもなくおっとうの息子だに。

と、タダノミヤの前に立ちはだかる三大臣。

シダフサ　タダノミヤ様、お上に直接の物言いは禁じられております。この右大臣シダフサ。
コジフサ　左大臣コジフサ。
バタフサ　太上大臣バタフサを通していただかないと。
タダノミヤ　あんだあ！

タダノミヤの言葉を順にミカドに伝える三大臣。

シダフサ　なんだと。

コジフサ　わかりました。
バタフサ　承知仕り之助。
ミカド　ん。（と、うなずく）
タダノミヤ　伝わってないだに！　いい加減にするだに！

と、三大臣を押し倒すタダノミヤ。

タダノミヤ　おら、ミカドの息子だに。なんで直接話しちゃいけねえだに、馬鹿にすんでねえ！

と、詰め寄るタダノミヤ。アキノ、ミカドをかばい二人の間に入る。

タダノミヤ　大体なんだに。こんなフサフサフサフサフサ、毛生え薬の宣伝みたいな奴ら、どっから見つけてきただだに！
カコ　この方達はれっきとした公家です。
タダノミヤ　戦《いくさ》の間はどこかに雲隠れして、終わったらノコノコ現れて。命を賭けて頑張ったクスマ達武士にも、このおらにもろくな褒美も地位も与えずに。おかしいだに！

と、ミカド、怒る。

ミカド　やかましい！　ミカドの息子がおらおら言うな。貧乏くさい！

タダノミヤ　おらがおらのことおらと言って何が悪い。あんまりだに！

ミカド　お前のその「だにだに」聞いてると、こっちの身体がかゆくなる！　その田舎くささが我慢できへんのじゃ！　とっとと去《い》ねい！

と、タダノミヤに蹴りを入れる。吹っ飛ぶタダノミヤ。と、そこにちょうどヒュウガ、カイリ、サキド、クスマが現れる。

吹っ飛んでくるタダノミヤを避けるヒュウガ、後ろのカイリが抱き留める。

カイリ　おっと。大丈夫ですか、タダノミヤ様。

サキド　（ミカドに問う）これは？

アキノ　さすがミカド。いい蹴りでした。

クスマ　は？

ミカド　気にせんでええ。（タダノミヤに）とっとと去ねいゆうとるんじゃ、こんボケ！

タダノミヤ　くううう！

と、涙を堪えて駆け去るタダノミヤ。
それを見送るヒュウガ達。サキドとクスマは哀れんで、ヒュウガは淡々と、カイリは
そのヒュウガを見ている。

カコ　お気になさらず。親子ゲンカです。
ヒュウガ　それで、何の御用でしょう。（と、ミカドに問う）
三大臣　いやいやいやいやいや。
バタフサ　お待ちなされい、ヒュウガ殿。
コジフサ　ミカドへの直接の語りかけは不遜。
シダフサ　我々を通して会話なされよ。
ヒュウガ　その必要はないでしょう。

と、三大臣を優しく見つめる。三大臣、とろける。態度も軟化する。

三大臣　はい、どうぞ。

と、ヒュウガの要求をのむ三大臣。三大臣に言うミカド。

ミカド　あんたら、もうええで。カコ、お前もや。

カコ　はい。行きますよ、みなさん。

と、三大臣を連れてカコは去る。
改めて話し始めるミカド。

ミカド　なんや、二条河原で大騒ぎしてたんやてな。すまんな、お楽しみの最中。

クスマ　いえ、そんなことは。

ミカド　なんかわてに言いたいことでもあるんか、サキド。

サキド　さて。言いたいことがあるとするなら、さきほどタダノミヤ様に仰っていただいたかと。

ミカド　武士をないがしろにして、こんなはずやなかったか？　神輿は担がれてなんぼ、黙って担がれとけ言いたいんか。そら、ちゃうで。

サキド　違いますか。

ミカド　ああ。神輿も持たずにわっしょいわっしょい言うとるんは、ただのどアホや。神輿があって初めて祭りになるんや。悪いがわては好きにやらせてもらいまっせ。神輿の担ぎ手は神輿が決めるんや。よう覚えとき。

ミカド　そのようなこと、重々承知しております。そのために我らをお呼びに？

ヒュウガ　ああ、それや。あんさんら、鎌倉攻めしてもらおうか。ヒノモトの神輿は一つでええ。

クスマ　ではいよいよ執権キタタカの首を取れと。

ミカド　京の都も落ち着いた。そろそろ頃合いや。アキノ。お前が総大将や。

アキノ　おまかせください。

サキド　アキノ殿ですか。

ミカド　あん？

サキド　いえ。こちらの主力はクスマ殿の斬歌党。てっきり総大将はクスマ殿かと……。

ミカド　アキノは公家や。わてが一番信用しとる。不服か、クスマ。

クスマ　いいえ、私は。ミカドのご意向に従います。

ミカド　クスマはこう言うとるで、サキド。

サキド　それだけはっきり言っていただければむしろ清々しい。このサキド、命に代えて鎌倉を討ちましょう。

ミカド　頼むで。

ヒュウガがアキノに微笑みかける。

ヒュウガ　よろしく頼みますよ、総大将。

アキノ　お前達こそ、私の馬に遅れるなよ。

と、立ち去るアキノ。

カイリ　これは頼もしい。

サキド　では我らも。

続いて去るヒュウガとカイリ、サキド。

ミカド、クスマに声をかける。

ミカド　待ちいや、クスマ。あんたには、もめてた訴えの件で話がある。

クスマ　は。

と、一人残るクスマ。ミカドと二人になる。

クスマ　いかがいたしました、ミカド。私、もめていた訴えなど覚えがありませんが。
ミカド　あんた一人にだけ話があるんや。適当な口実作らんとあいつらが怪しむさかいな。
クスマ　はあ。
ミカド　さっきはああ言うたが、あんただけは別や。武士の中でもあんただけは違う。わてはそう思てる。アキノとクスマ、それがわての右手と左手や。
クスマ　み、身に余るお言葉。（本気で感激している）
ミカド　そのクスマに命《めい》を授ける。
クスマ　は。
ミカド　鎌倉潰したら、次はヒュウガとサキドや。あの二人を京の都に戻したらあかん。
クスマ　は？
ミカド　鎌倉の土に返してやり。
クスマ　それは……。
ミカド　あの二人はあかん。このわての世にはいらん子や。ただまあ、ここまで頑張ってわてを盛り立ててくれたんは確かや。わて直々に因果含めてやるんが筋やさかいな。
クスマ　それを私にやれと。

ミカド　あんたとアキノで。わての可愛い右腕と左腕がやるんや。わてがやるのと同じことやろ。
クスマ　はい。
ミカド　アキノにはもう話しとる。キタタカ倒して油断しとるとこを、正々堂々背中から不意打ちでズバーッとやったれ。
クスマ　それは卑怯では……。
ミカド　わてが正々堂々言うとるんや。それが正しいんやないか。
クスマ　はい。
ミカド　頼むで。

と、クスマの手を取るミカド。
二人、闇に消える。

×　×　×　×

暗闇にアキノの姿が浮かび上がる。カコが現れる。

カコ　アキノ。
アキノ　これは、カコ様。（と一礼する）

カコ　いつもミカドが無理を言ってごめんね。
アキノ　それが私の役目ですから。それに戦《いくさ》は楽しい。また好みの髑髏《しゃれこうべ》に会えるかと思うとワクワクします。
カコ　いい性癖ね、ほんと。でも死なないで。

と、アキノの手を握るカコ。

カコ　沖の島に流された時からミカドを支えてたのは、あたしとあなた。だからあなたは特別。
アキノ　ボンカンもいましたよ。
カコ　いない。あんな生臭坊主、いないも同然。同志なのはあなただけ。だから、絶対生きて帰ってきて。

屈託のない笑顔になるアキノ。

アキノ　ありがとう。大丈夫、恋人増やして帰ってきます。

と、胸の髑髏を指差す。

カコ　そうね。頑張って。

と、カコは去る。
彼女を見送るアキノ。
一息つくと、おもむろに弓を引き矢を放つ。
と、カイリ、矢が放たれた方向から出てくる。矢を握った手を額に当てている。

カイリ　だから無闇に矢を放つな。用があるなら文でいいだろうが。
アキノ　お、当たった？（と、嬉しそう）
カイリ　摑んだよ、寸前で。

と、額から手を放す。矢はその手で摑んでいるだけだった。

アキノ　なんだ。（と、つまらなそうな顔になる）
カイリ　なんで、つまらなそうなんだよ。当てたいのか。

アキノ　うん。
カイリ　物騒だな、まったく。で？　用があるから呼び出したんだろう。
アキノ　いよいよだよ。あなたの望みが叶う。
カイリ　……ミカドの命《めい》か。
アキノ　ええ。キタタカの首を刎《は》ねた後、ヒュウガとサキドをやる。
カイリ　サキドまでか。えげつないな、あのおっさんも。
アキノ　頑張ってね。もたもたしてると私がいただくよ。
カイリ　そうはさせない。
アキノ　でもなぜ？　なぜ、奴の首を欲しがるの。
カイリ　今聞く、それ。
アキノ　盟約相手の心情は把握しておこうかと。総大将だし。
カイリ　え？
アキノ　総大将だもの。
カイリ　……ひょっとして嬉しいのか、総大将を拝命したことが。
アキノ　ええ。不思議？
カイリ　立場とか気にしないのかと思っていた。
アキノ　で、なぜ？

カイリ　……あの男はこの国のためにならない。あいつは幼い頃、自分の村を焼いた。皆殺しにした。今も同じだ。自分がいいと思えばこの国を焼き払うことも躊躇しない。
アキノ　へえ。
カイリ　あいつは、自分が美しければそれでいいんだ。国を焼いた炎が自分を美しく照らすなら、迷うことなく火を放つ。それは止めなきゃならない。
アキノ　……頭おかしいんじゃない、あの男。
カイリ　あんたに言われてもな。
アキノ　えー。
カイリ　とにかく、俺は執権の犬として諸国を渡り、いろんな連中を見てきた。その上での直感だ。
アキノ　ミカドはどうなの？　あなたにはどう見えた。
カイリ　自分の欲望に忠実だ。今までこのヒノモトに根付いていた欲望にな。だからわかりやすい。
アキノ　そうだね、わかりやすい。ミカドの名のもとなら、遠慮なく戦える。遠慮なく殺せる。
カイリ　まあ、あんたならそう言うか。……わかった。ただし。
アキノ　ただし？

カイリ　俺がヒュウガを狙う時は、俺が決める。当てにしないでくれ。
アキノ　やっぱりあなたも相当ね。いいわ。邪魔になれば殺すけど、悪く思わないで。
カイリ　覚悟の上だ。
アキノ　(うなずき) 鎌倉攻め、楽しみましょう。

と、アキノ、立ち去る。
カイリ、そのアキノの背中を一瞥する。そのあと逆方向に駆け去る。

——暗　転——

【第六景】

箱根山。

ナガスケ率いる幕府軍と朝廷軍の先鋒であるクスマやギテイ達斬歌党が戦っている。

ナガスケ　よいか、幕府の威信に賭けて、この箱根から先は一歩も通すな。

クスマ　山戦《やまいくさ》なら我ら斬歌党の得意。先鋒として斬り込むぞ。

ギテイ　者どもかかれ！

と、互いに斬りあう。

ナガスケ　貴様ら、しっかりしろ！

と、そこに矢が飛んでくる。幕府軍の兵がやられる。

弓を持ったアキノが現れる。

クスマ　どうした、アキノ殿。総大将自ら出てくるには早いぞ。
アキノ　どいて。

クスマの言葉も聞かず、血相変えてナガスケに向かうアキノ。

ナガスケ　総大将？　だったらその首いただいた！

と、ナガスケがアキノに打ちかかる。その剣をかわして、ナガスケの腹に拳を打ち込むアキノ。

ナガスケ　ぐは！

と、思わず前屈みになるナガスケ。
そのナガスケの烏帽子をひっぺがすアキノ。

ナガスケ　あ、烏帽子はやめて！　烏帽子は！

恥ずかしがるナガスケにかまわず、彼の頭を両手で摑むアキノ。

アキノ　うん、いい。

と、うなずくと、熱心にナガスケの頭を触りまくるアキノ。額を押して顔を上に向けて顎の形なども確認する。
そのアキノの異常な情熱に敵味方共に呆気にとられている。ナガスケも翻弄されているだけ。さすがにクスマがおずおずと声をかける。

クスマ　あのー。
アキノ　ああ、たまらない。

クスマの問いかけは無視して、両手でナガスケの顔をはさみ、自分の顔の前に持ってくる。ナガスケの目を見つめるアキノ。

アキノ　素敵。あなた、最高。

ナガスケ　え。
アキノ　あなたみたいな人に会ったことない。
ナガスケ　ええー。

にやけるナガスケ。

ナガスケ　俺も君みたいに綺麗な人は……。
アキノ　黙って。

と、ナガスケの口に、立てた人差し指を当てるアキノ。
ナガスケ、うっとりとする。
と、自分の顔をナガスケに近づけるアキノ。口づけするかのよう。すっかりその気になるナガスケ。アキノを抱きしめようとする。が、次の瞬間、体をひねってナガスケの頭をヘッドロックするアキノ。

ナガスケ　あたたたた！
アキノ　締め心地も最高！　こんなに好みの髑髏《しゃれこうべ》、会ったことがない。

いったん放すと、ナガスケを見つめるアキノ。

アキノ　好き！　もう、大好き！

正確には彼の頭を見ているのだが、勘違いしていい気になるナガスケ。

ナガスケ　……まいったなあ。女はみんなそう言う。惚れちまったんなら仕方ないな。さ、おいで。

と、両手を広げるナガスケ。
アキノ、抜刀しナガスケに斬りつける。

ナガスケ　うわ！　な、なぜ？　好きなんじゃないの？
クスマ　あー、うちの総大将は、自分が殺した男しか愛せないんだとさ。
ナガスケ　え。
アキノ　そう。あなたのその素敵な髑髏《しゃれこうべ》が欲しい。早く死んで。

ナガスケ　そ、そんな。

アキノに切り刻まれるナガスケ。倒れる。
だが、立ち上がる。

ナガスケ　……俺も鎌倉幕府にその人ありと謳われたナガスケ様だ。……ただでは死なん。ただでは死なんぞ。……せめて、せめてその唇、その唇だけでも……。

と、唇を尖らせてよろよろとアキノに近づくナガスケ。周りの者はその執念にちょっと引いている。
が、アキノは冷静。そのナガスケに矢を射る。ナガスケの心臓を貫く矢。ナガスケ倒れ、絶命する。

アキノ　いい髑髏《しゃれこうべ》になってね。

ナガスケの亡骸に微笑むアキノ。

クスマ　むごい。（と、呟く）

他の幕府軍の兵を睨みつけるアキノ。

幕府兵達　うわあああ！

幕府の兵達、おじけづいて我先に逃げ出す。

アキノ、一同に向かって声をかける。

アキノ　箱根は制した。鎌倉に向かって進撃するぞ！

一同　おう！

鎌倉に向かって進軍する朝廷軍。

×　×　×　×

鎌倉の外れ。梵能寺。サキドが現れる。花が咲いた桜の枝を持っている。

サキド　ご住職、ご住職はいるか。

返事はない。と、カイリが現れる。

カイリ　ケッコウなら、もうとっくに逃げ出してるよ。

サキド　なんだ。先客か。

カイリ　戦《いくさ》が始まるから逃げろと言いに来たんだが、とっくにいなくなってた。さすがに鼻が利く。

サキド　でなければ、この乱世を生きてはいけんよ。力のない者は、な。力のある者は、派手に咲いて散り急ぐ。（と、桜の枝を見る）

カイリ　それ、桜か。

サキド　ああ、狂い桜が咲いていた。ここに眠る女達を思い出してね。眠りを邪魔するぞと一言詫びに来た。

カイリ　ヒュウガの女子《おみなご》だ。なんで、あんたがそこまでする。

サキド　男のために死んでいった女だ。私くらいは花を手向けないとな。

カイリ　それもサキド好みか。

サキド　だな。おぬしこそずいぶんと律儀ではないか。

カイリ　ヒュウガに欠けているところを俺が補わないと。

サキド　ほう。

と、怪訝な顔をするサキド。カイリ、話題をそらそうと考えてはいるが、それを悟られぬように、自然な雰囲気で口を開く。

カイリ　ひとつ、面白い噂を聞いた。
サキド　噂？
カイリ　俺達がミカドとともに京の都攻めをした時、実はキタタカは京にいたらしい。
サキド　なに。
カイリ　戦が始まってキタタカは慌てて逃げ出した。彼らを追っ手から守り、無事鎌倉までの逃避行を助けた者がいる。その者は蘭陵王の仮面をつけていたと。
サキド　蘭陵王の？
カイリ　ああ。蘭陵王と言えば、アキノの通り名だ。
サキド　だが、彼女が、わざわざ自分とわかるような仮面をつけるか。
カイリ　そう思わせるために、あえてつけるという考え方もある。
サキド　しかしアキノとは考えにくいな。……仮面をつけなければならないのは。
カイリ　素顔がばれるとまずいからだ。その顔を一度見ただけで忘れられなくなる。そのくらい印象的な顔の持ち主だった、とも考えられる。見つめられると口づけしたくなるほどにな。

サキド　……。

カイリ　なあ、あなたは本当に生きたミカドの首が欲しかったのか？

サキド　え。

カイリ　俺達に首を取ってこいと言った時は、本当にミカドの命を奪わせるつもりじゃなかったのか。

サキド　……。

カイリ　あいつは人の心を強引にねじまげる。

サキド　……。

カイリ　踏み込みすぎたなら、非礼は詫びる。

サキド　解せんな。なぜヒュウガの軍師のお前がそんなことを言う。

カイリ　……俺も時々不安になる。

「ほう」と見つめるサキド。

カイリ　（その視線をごまかすように）執権攻めが始まる頃だ。先に失礼する。

と、カイリは足早に去る。カイリの言葉を噛みしめるサキド。

サキド　……目が眩まないようにしないと己の道を見失う。わかってはいたつもりだったが……。

桜の花を見るサキド。

×　×　×　×

キタタカの屋敷。

キタタカがいる。鎧に身を固めているキタタカ。エンキが駆け込んでくる。

エンキ　キタタカ様、箱根の我が軍は敗退。敵の本隊がこちらに向かってきてます。

キタタカ　く、ナガスケの役立たずが。

エンキ　このままではまずい。逃げましょう、キタタカ様。

キタタカ　弱気になるな、エンキ。ここで逃げては幕府は本当に潰れてしまう。そんなことができるか。このキタタカ自らが前線に出る。

エンキ　それは危《あぶの》うございます。

キタタカ　ここでふんばらねば、あのミカドにヒノモトを牛耳られるぞ。あのインチキ臭いなにわ言葉のおっさんに。そんなこと我慢できるか。

と、そこに女達が現れる。散華《ちりばな》の女子《おみなご》達だ。

エンキ　お前達は。

続けて蘭陵王の仮面をつけた男も現れる。
仮面の男、ヒュウガだが、キタタカ達は正体には気づかない。

キタタカ　おお、そなたは。
ヒュウガ　約束通り参りましたぞ、執権様。
エンキ　そうか、また助けてくれるのか。礼を言うぞ。
ヒュウガ　はい。
キタタカ　わしは逃げんと言っておるだろう。
ヒュウガ　このままでは勝ち目はありませんぞ。
キタタカ　なに。

ヒュウガ　残念ながら幕府の兵は総崩れだ。朝廷軍の総大将は髑髏《どくろ》の蘭陵王《らんりょうおう》と呼ばれるアキノ、それをサキド、クスマの女傑が支え、ヒュウガという切れ者もいる。幕府軍とは勢いが違う。

エンキ　まさに。この者の言う通りですぞ、キタタカ様。

キタタカ　蘭陵王？　それはその仮面ではないか。

ヒュウガ　ああ、朝廷軍の総大将の向こうを張るつもりで、この仮面をつけております。

エンキ　なんとも心強い。

ヒュウガ　地方には朝廷嫌いの武士達はまだまだおります。今は一旦鎌倉を捨て、改めて態勢を整えればいいかと。軍用金さえあればなんとでもなります。

キタタカ　金か。

ヒュウガ　それさえあれば、必ず逆転の機会はあります。

キタタカ　金ならある。これまでわしが貯め込んだ隠し金が。

ヒュウガ　よかった。急ぎましょう。その女達が持ち出す手筈を整えます。

キタタカ　今は、それしかないか。わかった。来い。

と、立ち去るキタタカ。後に続くエンキ。仮面のヒュウガ、女達にうなずくと、彼女らも後に続く。

×　×　×　×

狂い桜の広場。
今もまた桜は満開である。
キタタカ、エンキ、仮面のヒュウガ、そして女子達《おみなご》が現れる。

ヒュウガ　ここは……。
キタタカ　季節に関係なく咲くので狂い桜と呼ばれておる。隠し金はこの地下だ。その裏手に隠し扉がある。
エンキ　こちらです。
ヒュウガ　（呟く）まさかここととは。手間が省けたな。（女達に）お前達。

案内するエンキの後についていく女達。

ヒュウガ　……この桜も、地下に眠る金の邪気に当てられて狂い咲くようになったのかもしれませぬな。
キタタカ　そんな風に考えたことはなかったが。確かに、そうかもしれぬなあ。

と、エンキと女達が戻ってくる。

ヒュウガ　金はあったか。

うなずく女達。

ヒュウガ　そうか。頼んだよ、お前達。

女達は、軍資金を運び出すために去る。
と、そこにカイリが現れると、エンキを斬る。

エンキ　ぐ！（カイリの顔を見て驚く）貴様は〝犬〟の……。
カイリ　〝犬〟ではない。カイリだ。

と、エンキに斬撃。エンキ、絶命する。

キタタカ　エンキ！　貴様、なんということを。

と、笑いだすヒュウガ。

ヒュウガ　自業自得だな。
キタタカ　なに。
ヒュウガ　お前達幕府の役人は、バサラの宴の邪魔をした。
キタタカ　バサラの宴？

と、ヒュウガ、仮面を取る。その時、辺りを光が差したように明るくなる。

ヒュウガ　改めて名乗ろう。バサラのヒュウガ。
キタタカ　ヒュウガ⁉　朝廷軍の将軍か！　（カイリに）やはりミカドの犬だったか。
カイリ　違う。お前達の愚かなふるまいが、俺を朝廷側につかせたんだ。
ヒュウガ　だから自業自得と言っている。
キタタカ　く。
ヒュウガ　カイリ、本隊は？
カイリ　間もなく到着する。

思い至るキタタカ。

キタタカ　……そうか。わしを助けたのは軍用金目当てか。

ヒュウガ　ああ、そうだ。この鎌倉に軍勢を率いてくること。そして、幕府の隠し軍用金を手に入れること。そのためにはお前に生きていてもらわなければならなかった。

キタタカ　利用されたというのか、このわしが。たかだかちょっと顔がいいくらいの若僧に。

ヒュウガ　ちょっとではない。唯一無二の顔を持つ男にだ。

キタタカ　ほざけ！

と、剣を抜くキタタカ。ヒュウガに打ちかかる。受けるヒュウガ。

カイリ　ヒュウガ！

カイリも打ちかかる。キタタカ、二人相手に戦う。それなりに戦うキタタカ。

キタタカ　貴様ら若僧に手玉に取られたままで終わるわけにはいかん。わしは鎌倉幕府執権だ。

ヒュウガ　この剣には坂東武者の誇りが込められている。
朽ち果てる大木に巣くうシロアリにも、シロアリの矜持はあるか。

と、そこにサキドとゴロウザ、クスマやギテイと斬歌党、アキノが現れる。

キタタカ　く。本隊の到着か。
アキノ　ヒュウガか。
ヒュウガ　ああ、一足先に攻めさせてもらった。キタタカ殿、そのささやかな矜持に免じて花道を用意しよう。このヒュウガの剣にかかって死ぬという花道をな。
キタタカ　ぬかせ、若僧！

と、キタタカと一騎打ちするヒュウガ。ヒュウガの剣がキタタカを倒す。絶命するキタタカ。

ヒュウガ　鎌倉幕府執権キタタカ、このヒュウガが討ち取った。
アキノ　検分させてもらう。

と、キタタカが息絶えているのを確認するアキノ。クスマにうなずく。

クスマ　死体を運べ。首をミカドに届ける。

ギテイ　は。お前達。

斬歌党がキタタカの遺骸を運び去る。

サキド　これで幕府も終わりか。あっけないものだな。

戻ってくる斬歌党達。

と、アキノがクスマとカイリに目配せする。うなずくクスマ。が、カイリは「今ではない」と目をそらす。

アキノ、クスマに「やるぞ」と目配せ。

アキノがヒュウガを、クスマとギテイがサキドをいきなり襲う。

クスマ　サキド、覚悟！

カイリ　ヒュウガ！

と、アキノの剣を受けるカイリ。
ヒュウガには斬歌党が襲いかかる。

ゴロウザ　サキド様！

と、クスマとギテイの剣を払ってサキドをかばうゴロウザ。
少し離れた所、二人にしか聞こえない所で戦いながら小さな声で会話するカイリとアキノ。

アキノ　なぜ邪魔をする。
カイリ　今じゃない。奴には何か策がある。
アキノ　圧し殺してしまえば問題ない。
確かに多勢に無勢。ヒュウガ、サキド、ゴロウザは取り囲まれている。
カイリ　知らんぞ、俺は。

と、アキノの剣に圧されるふりをしてカイリ、一旦離れる。
クスマを睨みつけるサキド。

サキド　これもミカドの命《めい》か。
クスマ　そうだ、ミカドの政《まつりごと》に従わぬ者は反逆の罪で処罰される。
ゴロウザ　それは言いがかりだ。サキド様にそんな意志はない。
アキノ　ミカドのご判断を過ちというつもり、ゴロウザ。それもまた大きな罪ね。
サキド　それがお前の義か、クスマ。
クスマ　ミカド以外に従う者無し。それが我ら斬歌党の生き方だ。
ヒュウガ　なるほど。だったらこれでどうだ。

と、合図をするヒュウガ。
女子《おみなご》達が、山車を引っ張ってくる。
そこには立派な衣裳に身を包んだタダノミヤが乗っている。
驚くクスマ。

クスマ　……タダノミヤ様？
タダノミヤ　そうだに、おらだに、クスマ。
ヒュウガ　タダノミヤ様が新たなミカドになられる。この鎌倉に新しい朝廷をお作りになる。
一同　ミカド⁉

アキノ、カイリに「知っていたか？」と目で問う。カイリは首を横に振る。

サキド　どういうことだ、ヒュウガ。
ヒュウガ　ゴノミカドと違い、タダノミヤ様は我々武士を重用する朝廷にしたいと仰っている。だったら、そちらに与するのは当然だろう。
アキノ　こんな無謀が許されると思うか。
ヒュウガ　タダノミヤ様はゴノミカドの皇子《みこ》。ミカドになる資格は充分にお持ちだ。
アキノ　それは今のミカドが皇位を禅譲なさると決められた時の話。勝手にミカドを名乗るなど、許されるはずがない。
タダノミヤ　許してくれてもいいんでねえか！　おっとうのやり方はあんまりだに！

タダノミヤの血を吐くような叫びに一同聞き入ってしまう。

タダノミヤ　おっとうのために一生懸命戦って、都に呼び戻したらあの仕打ちだに。それはお前達だって同じだろう、クスマ！

クスマ　それは。

タダノミヤ　ヒュウガはおらに手を差し伸べてくれた。一緒に幸せになろうと言ってくれた。クスマ、ずーっと一緒に戦ってきたお前達も一緒だ。おらはお前ら斬歌党と一緒に、新しい国を作りたい。おらがおらのこと、おらと言って殴られない国、だにだに言っても馬鹿にされない国、おらはそんな国を作りたいだに！

タダノミヤの言葉に、クスマ、ギテイや斬歌党、胸を打たれる。

アキノ　おのれ！

と、タダノミヤを狙って弓を引くアキノ。

ヒュウガ　ミカドの皇子に弓引くか、アキノ！

と、クスマがそのアキノの弓をもぎとる。

アキノ　なにを⁉

と、ギテイら斬歌党がアキノを取り囲み刀を突きつける。

クスマ　このクスマ率いる斬歌党、新しきミカド、タダノミヤ様にお味方いたす！

タダノミヤ　よく言ってくれた、クスマ！

アキノ　……そんな、こんなインチキに……。

呆然とするアキノ。

ヒュウガ　残念だったな、アキノ。人は情で動くものだ。お前にはわからないだろうがな。

アキノ　あなたに言われたくないね。

カイリ　これも計算のうちか、ヒュウガ。

ヒュウガ　お前にも黙っていて気を悪くしたか。だが、ゴノミカドの企みをあぶり出す必要があったからな。極力内密にしたかった。

アキノ　こんな強引なやり方、人々がついてくると思うか。
ヒュウガ　ついてくるさ。このヒュウガが味方する限り。
カイリ　人の心を摑むには自分の顔さえあればいい。そういうことだな。
ヒュウガ　ほかに何が要る？
クスマ　アキノ、こうなった以上、お前を生きて帰すわけにはいかん。
アキノ　賢明ね。私でもそうする。でも。

と、合図をすると陰之矢達が数名現れる。

アキノ　私も死ぬつもりはない。
ヒュウガ　陰之矢か。だが、これだけを相手にその数で守れるかな。

確かに、斬歌党の方が数は多い。

アキノ　不利は承知だ。だが公家にも公家の意地がある。こんな坂東の片田舎で命果てるつもりはない。ころころと態度を変える不忠者の手にかかるつもりもない。
クスマ　く……。

タダノミヤ　怯むな、クスマ。やってまえだに！
クスマ　は。（斬歌党に）やれ！

襲いかかる斬歌党。ヒュウガも戦いに加わる。陰之矢を斬っていくヒュウガ。アキノを襲うヒュウガ。が、飛び込んだカイリがそのヒュウガの剣を得物で受ける。

ヒュウガ　なに⁉
カイリ　逃げろ、アキノ！

カイリ、ヒュウガと刃を交える。

ヒュウガ　裏切るか、カイリ。
カイリ　ああ、お前は危なすぎる。
ヒュウガ　お前も俺に目が眩んだな。
カイリ　好きに言うがいい。

カイリとヒュウガの戦い。

ヒュウガ　クスマ、お前はアキノを。
クスマ　おう！
ギテイ　かかれ，者ども。

と、カイリがサキドに言う。

カイリ　サキド、俺は己の道に戻ったぞ。あんたはどうだ⁉

それまで静観していたサキド、刀を抜くとゴロウザに言う。

サキド　続け、ゴロウザ。
ゴロウザ　は。

と、二人、斬歌党を斬る。

クスマ　え⁉

サキド　ころころと態度を変える不忠者とは面白い。それこそがサキド好み。
ヒュウガ　その道を選ぶか，サキド。
サキド　すべてがお前の計算通りではつまらなかろう。西と東、二つの王朝が競り合う。今までにない世の中だ。それこそ、お前が言うところのバサラではないのか。
ヒュウガ　お前がバサラを語るな。

サキドに向かうヒュウガの剣をゴロウザが受ける。

ゴロウザ　横紙破りの生き方ならば、お前よりもサキド様の方が百年早い。
サキド　そんなに歳を取ってはいない。
ゴロウザ　これは失礼。
サキド　生き延びますぞ、アキノ殿。
アキノ　ご助力感謝。

カイリが腰の瓢箪から液をまく。ひどい匂いがする。怯む斬歌党。

カイリ　腐った魚を煮詰めた汁だ。そしてこちらはしびれ薬。

と、別の瓢箪から液体をまくカイリ。
再び怯む斬歌党。

カイリ　今のうちに！

と、アキノ、サキド、ゴロウザ、カイリは逃げ出す。

クスマ　追え、追え。
ヒュウガ　無駄だ、やめておけ。
ギテイ　しかし。
ヒュウガ　サキドにアキノ、カイリが相手だ。こちらの兵の数を減らすだけだぞ。それよりも今は、諸国の武士達に我らの新しいミカドの正当性を知らしめる方が先。
クスマ　……確かに。
ヒュウガ　幕府の軍用金を押さえた。資金ならばある。今はクスマ殿達山の民の繋がりを生かして、タダノミヤ様の足場をしっかりと築くことだ。
タダノミヤ　頼むだに、クスマ。

クスマ　おまかせを。

ヒュウガ　（タダノミヤに）あなたも今日からはタダノミヤ様ではありません。シンノミカドとお名乗りください。

タダノミヤ　わかっただに。みんな、このシンノミカドと一緒に幸せな国を作るだに!!

「おお」と応える斬歌党。

狂い桜の下、ヒュウガ、カイリ達が去った方を、何か思惑ありげに見やる。

——暗　転——

【第七景】

テロップ&ナレーションが流れる。

T&N　かくして京にゴノミカドの西の朝廷、鎌倉にシンノミカドの東の朝廷と、ヒノモトは二人のミカドが支配する国となった。

京にゴノミカド、鎌倉にシンノミカドの顔が描かれた日本地図が映し出される。ゴノミカドが現れる。ボンカンとカコ、コジフサ、シダフサ、バタフサの三大臣もそばに控える。

ゴノミカド　ええい、あのぼんくら息子がふざけた真似を。

ボンカン　いかがいたしましょう。

ゴノミカド　あわてんでええ。人望も実力もわての方が上や。ヒュウガに煽られただけのあの表六玉にろくな政《まつりごと》ができるわけがない。すぐに息切れするわ。

三大臣　ごもっともごもっともっとも。

ゴノミカド達の姿は消え、シンノミカドとヒュウガ、クスマ、ギテイが浮かび上がる。

T&N　しかし、それまで田舎者と軽んじられてきた東北関東の武士達に恩賞を与えるシンノミカドの政策が功を奏して勢力を拡大。なにより東の朝廷を支えるヒュウガの人気は庶民にまで広がり、その勢いは西の朝廷を脅かすほどになった。

ヒュウガが中心に立つ。彼の周りを民衆が取り囲み熱狂する。人混みに飲まれ、ヒュウガ、シンノミカド、クスマ、ギテイは姿を消す。

背景の日本地図、東の朝廷の勢力範囲が東北関東から富士の辺りまで広がっていく。

T&N　ヒュウガとゴノミカドの衝突は時間の問題だった。

×　×　×　×

京の都。

サキドの屋敷。

サキド、ゴロウザとカイリがいる。酒を酌み交わしている三人。

サキド　ヒュウガの勢いは止まらぬな。

カイリ　クスマ達山の民はヒノモト中に強い繋がりがある。公家や武士とは別の勢力がな。

タダノミヤ様を使いクスマを仲間に引き入れたのは、それを狙ってだ。

ゴロウザ　顔だけかと思ったらあの男……。

サキド　すまんなゴロウザ、私の意地につきあわせて。

ゴロウザ　サキド様の気まぐれには慣れております。

サキド　息子はどうしている。大きくなったろうな。

ゴロウザ　はい。

カイリ　息子さんがいるのか。

ゴロウザ　ご心配なく。足手まといにならぬよう、誰にも気づかれぬ片田舎に逃がしました。

サキド　それ以上は聞かぬ。ゴロウザ一人の胸のうちにしまっておけ。

カイリ　それがいい。

ゴロウザ　しかし、ゴノミカドも器量が小さい。いつまで我らをこのように飼い殺しにしておくつもりか。

と、そこにアキノが現れる。

アキノ　みんな、いるね。
カイリ　アキノか。
アキノ　私だけではない。

と、続いてゴノミカドが現れる。

ゴノミカド　邪魔するで。

驚く一同。

サキド　ミカド。
カイリ　これはわざわざ。
ゴノミカド　そんな恐縮せんでええ。あんさんらに話があるんや。
サキド　でしたら、内裏にお呼びくだされば。
ゴノミカド　かまへんかまへん。わては器量は小さいが、腰は軽いんや。

ゴロウザ　いや、あの、それは。
サキド　家来の罪は私の罪。責めるならばこのサキドをお責めください。
ゴノミカド　いやいやいや、攻めるんなら相手はヒュウガや。

一同の顔が引き締まる。

カイリ　では。
ゴノミカド　ああ、今までここに押し込めるような真似して悪かった。内裏の中にはいろいろうるさい奴らがおってな。そいつらの口、あんさんらの活躍で黙らせてくれへんか。
サキド　こちらから仕掛けろと。
ゴノミカド　そうや。あんたの首取れ言うたこの口で、ヒュウガの首取れ言うんが厚かましいことは重々承知しとる。でもな、厚かましいんがミカドや。
サキド　他人の顔色を気にしていては、国の舵取りはできないと。
ゴノミカド　ま、そういうこっちゃ。そんかわり、奴の首取ってきたら悪いようにはせん。役職と領地は安堵する。それは信じてくれ。
アキノ　その点に関しては、私も誓う。この命を救ってくれた恩義には必ず報いる。ミカドにもおろそかにはさせない。

カイリ　へえ。
アキノ　なに。
カイリ　アキノ殿にしては人並みのことを言う。
アキノ　悪い？
ゴノミカド　こん子も感謝しとるちゅうこっちゃ。信用したってや。わて、こん子には弱いねん。こん子の顔はつぶさへんから。
サキド　わかりました。ヒュウガと袂を分かったのは、奴と思いきり戦いたかったから。その機会をいただけるなら、喜んでお受けいたします。
ゴノミカド　そうか、やってくれるか。だったら今回の総大将はサキドや。アキノもええな。
アキノ　無論。
ゴノミカド　（カイリに）あんさんは、ヒュウガの相方やったな。
カイリ　はい。
ゴノミカド　なんか奴の弱味はないか。
カイリ　正直に言えば、ヒュウガと互角に戦える腕の持ち主は、こちらではゴロウザ様だけかと。
サキド　そんなに強いか、奴は。
カイリ　腕も立ち頭も切れる。それを顔の良さで隠している。ヒュウガの恐ろしさはそこです。

ゴノミカド　虫の好かんやっちゃなあ。

カイリ　だからこそ、二重三重の備えが必要かと。

アキノ　何か考えがあるの？

カイリ　ですが、えぐい手です。

ゴノミカド　話してみい。

と、身を乗り出す一同。

闇が彼らを包む。

――暗　転――

【第八景】

テロップ&ナレーションが流れる。

T&N　サキド率いる西の朝廷軍の東進に対して、ヒュウガ率いる東の朝廷軍はこれを迎え撃つべく出陣。両軍は、駿河国安倍川付近で激突することとなった。

斬歌党を中心とする東の朝廷軍（以下東朝軍）と、西の朝廷軍（以下西朝軍）の兵達が戦っている。

両軍の本陣とは離れた所でアキノが弓兵を指揮している。

アキノ　弓、放て！

一斉に弓を放つ弓兵。東朝軍の兵が怯む。

アキノの姿は消える。

東朝軍の本陣。指揮をするヒュウガとクスマはそれを見ている。ギテイが戦況を伝える。

ギテイ　ヒュウガ様、我が軍は押されています。
ヒュウガ　弓兵の援護がよく効いている。さすがはサキドだ。兵の使い方を心得ているな。
クスマ　のんきなことを言ってる時か。
ヒュウガ　一軍の将が秀でている時は、それを潰せばいい。要《かなめ》を壊せば軍は瓦解する。
クスマ　どうやって、
ヒュウガ　将には将さ。

一方、西朝軍の本陣。こちらには指揮するサキドのほか、ゴロウザとカイリがいる。

ゴロウザ　ヒュウガの軍の勢いが止まりました。
カイリ　アキノを後陣に配したのが生きましたね。
サキド　ああ、味方にすると心強い。
カイリ　さて、こうなると出てくるぞ、ヒュウガが。
サキド　お前の読み通りだ。

カイリ　預けたものは？
サキド　（懐を示し）ここにある。
カイリ　使うことがないことを祈っている。
サキド　そんな顔をするな。お前の役目は先の先を読むことだ。面白おかしく生きた。あとは散り時を探していたのかもしれない。
カイリ　気が早いぞ、サキド。
ゴロウザ　そうです。私が奴の首を取ればいいだけのこと。ご心配なく。

と、ヒュウガ指揮する東朝軍が攻めてくる。

サキド　いよいよか。迎え撃て！

と、西朝軍の兵も迎え撃つ。
ヒュウガが西朝軍の兵を斬り倒していく。

カイリ　……また腕を上げたか。これでは兵が無駄死にになる。
ゴロウザ　では、私が。

と、ヒュウガの前に立つゴロウザ。

ゴロウザ　朝廷軍の総大将サキドの右腕ゴロウザ、ヒュウガ殿に一騎打ちを所望する。

ヒュウガ、東朝軍の兵に言う。

ヒュウガ　引け、お前達。

東朝軍の兵も下がる。
アキノが現れる。本隊に合流したのだ。

アキノ　一騎打ちか。お前の読み通りだな、カイリ。
カイリ　ああ。あの男はこういう時、絶対に受けて立つ。

ゴロウザの前に立つヒュウガ。

ヒュウガ　サキドの軍一の使い手のゴロウザ殿か。面白い。そなたを倒せば、ゴノミカドの兵を倒したも同然だ。
ゴロウザ　それはこちらの台詞。その首揚げて、でっちあげのミカドの旗を降ろして差し上げよう。
ヒュウガ　古き旗のもとに集う者は、古き景色にとらわれ世の流れを見誤る。その愚かさ、今、思い知るぞ。
ゴロウザ　口よりも剣を動かせ。

と、襲いかかるゴロウザ。ヒュウガ受ける。戦う二人。最初は互角だが、徐々にゴロウザが圧していく。

ギテイ　互角ですか。
クスマ　いや、わずかだがヒュウガが圧されている。
カイリ　さすがはゴロウザ。俺の取り越し苦労だったようだな。
サキド　ああ。
アキノ　いいのか、自分の手でやらなくて。
カイリ　今は奴を倒すのが先決だ。

ゴロウザ、有利。ヒュウガが真顔になる。

ゴロウザ　いい腕だがまだ若いな。覚悟。

と、決め手の斬撃を打とうとしたその時、散華《ちりばな》の女子《おみなご》達が一人の若者を連れて現れる。若者に剣を突きつけている。女子の一人が叫ぶ。

女子　これを見ろ、ゴロウザ！

その若者を見て、ハッとするゴロウザ。

ゴロウザ　え⁉

ほんの一瞬、ゴロウザが気を取られる。
その隙をついてヒュウガの斬撃がゴロウザに決まる。傷を負うゴロウザ。

ゴロウザ　く。

若者　父上！

カイリやサキドも驚く。

カイリ　まさか。

サキド　あれがゴロウザの息子……。

アキノ　息子？

ゴロウザ　人質とは卑怯なり！

ヒュウガ　たかだか人質くらいで心を乱す方が未熟ではないかな。それとも絶対に気づかれないと油断したか。

と、容赦なくゴロウザを斬るヒュウガ。

ヒュウガ　この世の半分は女だ。女の口を使えば、どんな秘密にも必ずたどり着ける。

ゴロウザ　そんな。

と、若者が女子《おみなご》の刀を奪ってゴロウザとヒュウガの戦いに割って入る。

若者　父上をやらせはしない！

ゴロウザ　どけ、ロクロウ！

若者の名はロクロウである。

ヒュウガ　親子揃って度しがたいな。足手まといとなぜ気づかない。

と、若者を斬るヒュウガ。若者絶命。

ゴロウザ　ロクロウ！　おのれ！

と、ヒュウガに打ちかかるがそれをかわしてヒュウガが斬撃。ゴロウザも息絶える。

サキド　ゴロウザ！

クスマ　ひどい手を。

ギテイ　勝つためです。
クスマ　だが、好かんな。
ヒュウガ　敵は怯んでいる。一気に打ち倒せ！
クスマ　好かんが、戦《いくさ》としては正しい。いくぞ、ギテイ。
ギテイ　おお！　かかれ！

東朝軍が襲いかかる。

サキド　怯むな、お前達！

受けて立つ西朝軍。
ヒュウガに向かうサキド。アキノとカイリは、クスマとギテイと戦う。
ヒュウガ、サキドを追い詰める。手傷を負うサキド。

ヒュウガ　どうした、そんなものか。
サキド　く。
ヒュウガ　袂を分かってまで俺と戦いたかったのだろう。だったらもっと楽しもう。

と、サキドを斬るヒュウガ。

サキド　勝手なことを言うな。

ヒュウガ　そうかな。お前のその目は会った時からずっと俺を欲しがってた。

手傷を負いながらもまだ立ち向かうサキド。

サキド　なめられたものだな。

ヒュウガ　なめてほしいのか、この舌で。

サキド　く。

ヒュウガ　それとも、もう一度欲しいか、この唇が。

サキド　言うな。

ヒュウガ　迷っているか。俺の呪縛から逃れようとして、裏切った。だがそれは無駄なあがきだ。

不意に力が抜けるサキド。

サキド　……。
ヒュウガ　ああ、そうだ。お前は俺には抗いきれない。
サキド　……ヒュウガ。

と、ヒュウガを見つめる。微笑むヒュウガ。と、サキド、懐から出した紙袋をヒュウガの顔目がけて投げつける。ヒュウガの顔と身体を白煙が包む。刀を落として顔を押さえて苦しむヒュウガ。

ヒュウガ　顔が！　顔が、熱い!!
カイリ　やった！
ヒュウガ　貴様、何をした!!
サキド　カイリ特製の劇薬だ。お前の顔を焼き尽くす。
クスマ　なんだと……。

クスマやギテイも呆気にとられる。

ヒュウガ　貴様ああ!!

と、ヒュウガ、サキドを殴る蹴る。

ヒュウガ　死ね！　死ね！　死ね！

殴られながらも笑うサキド。

サキド　……もう遅い。……お前は自慢の顔を失った。

ヒュウガ　このくされアマが!!

それまでと違い荒れ狂うヒュウガ。

蹴倒したサキドの背中を踏みつける。サキドの背骨が砕ける。

サキド　うあああ！

気絶するサキド。荒く息をするヒュウガ。

女子達　ヒュウガ様！

と、ヒュウガを取り囲む。

ヒュウガ　退くぞ！　傷の手当てだ!!

と、女子達《おみなご》とその場を去るヒュウガ。

クスマ　あ、おい。
アキノ　敵は怯んだ。一気に攻めるぞ！

と、東朝軍を押し返す西朝軍。

ギテイ　クスマ様、ここは一旦。
クスマ　ああ。者ども、退くぞ。
ギテイ　退却だ、退却!!

クスマ、ギテイとともに東朝軍、去る。
ホッとするカイリとアキノ。
アキノは倒れているゴロウザと若者の様子を見る。カイリは倒れているサキドの様子を見る。

カイリ　見事だったぞ、サキド。
サキド　(気がつく)……ゴロウザは?
アキノ　……亡くなっている、二人とも。
サキド　そうか……。だが、ヒュウガの顔を潰した。……お前の読みが勝った。
カイリ　ああ。(サキドの傷の様子を探る)

激痛に顔を歪めるサキド。

サキド　ぐうう!
カイリ　……背骨を折られたか。
サキド　あとは、まかせたぞ……。

と、再び気を失うサキド。

アキノ　……サキド。（兵達に）都に戻り兵を整える。次は決戦だ。

カイリ　勝つぞ、サキド達のためにも。

アキノ　ああ。

うなずくアキノ。

――暗　転――

【第九景】

京の都。内裏。

玉座に座るゴノミカド。その横にカコとボンカン。横にコジフサ、シダフサ、バタフサがいる。

前に傅いているアキノとカイリ。

ゴノミカド　ようやった、カイリ。あんさんの読み通りや。
カイリ　は。
と、答えようとするが、直答に文句を言おうとする三大臣。それを制してゴノミカドが言う。
ゴノミカド　黙れ。（カイリに）直答を許す。
カイリ　は。サキド殿とゴロウザ殿の犠牲は残念ですが、ヒュウガの虚を突くには、あのやり方しかなかった。
ゴノミカド　二人の犠牲まで織り込むとはな。確かにえぐい手や。
カイリ　あの用心深い男を油断させるにはそれが必要でした。
カコ　サキドの様子はどうなの。
ボンカン　傷は深く、腰から下はまったく動きません。武人としての己は終わったと、仏門に帰依しております。
アキノ　弱気になったら戦えませんね。
ゴノミカド　ヒュウガの方は。
カイリ　焼けただれた顔を隠すため仮面をつけているとか。ですが、東の朝廷から離反する者も多いと。奴の神がかり的な力がなければ、シンノミカドなど張り子の虎。
ゴノミカド　シンノミカド？　はん、あんなんミカドやない。ただのタダノミヤや。神輿には神輿の格ちゅうもんがある。
コジフサ　まことまこと。
シダフサ　ミカドの仰る通り。
バタフサ　これでゴノミカドの世は安泰かと。
ゴノミカド　まだや。これで安心はでけん。奴らの息の根止めんとな。
アキノ　いいですね。私、早くヒュウガの髑髏《しゃれこうべ》が欲しい。

カコ　まだ戦うの？

アキノ　もちろん。

カイリ　ミカド、ひとつお願いがございます。

ゴノミカド　なんや。

カイリ　ミカド自らが総大将となって、鎌倉に出陣していただきたい。ミカドがその手で偽りの朝廷を打ち払う。そうすれば、坂東の愚か者どももミカドのご威光にひれ伏し、誰がこのヒノモトの王か思い知ることになるでしょう。

コジフサ　何を言うか、カイリ。

シダフサ　ミカドは京にあってこそのミカド。

バタフサ　それを東夷《あずまえびす》になどと、よくもまあ、そんな大それたこと言えたものだ。

ゴノミカド　おもろいなあ。

三大臣、驚く。

ゴノミカド　思い上がりのヒュウガにぼんくらのタダノミヤの死に顔、間近で見れるっちゅうわけや。おもろいで、それ。

カイリ　では。

ボンカン　しかし、ミカド……。

ゴノミカド　じゃかあしい。沖の島まで流された身や。今更カッコつけてどないする。ボンカン、派手に祈禱せいや。思いっきり大仰に鳴り物入りで箱根の山、越すで！

ボンカン　ははあ！

と、ゴノミカドの関東出陣が決まる。

ゴノミカドとカイリ、ボンカンを中心に関東征伐の歌を歌う。一旦姿を消す一同。

×　　×　　×　　×

箱根。

クスマとギテイ、斬歌党達が現れる。

クスマ　この箱根で敵を食い止める。

ギテイ　なんとしても関東には入れるな。

が、斬歌党は散華《ちりばな》の女子《おみなご》達と手に手を取って逃げ出し始める。

クスマ　待て、お前達。なぜ逃げる。

ギテイ　ヒュウガの女子達もか。
クスマ　……顔の切れ目が縁の切れ目か。ヒュウガも哀れなものだ。
ギテイ　ですが、これでは戦《いくさ》にならん。
クスマ　やむを得ん。ギテイ、退け！　ミカドだけでもお守りしないと。
ギテイ　は。

クスマとギテイも逃げ去る。
彼らを追うようにアキノ、カイリ、ゴノミカド、カコが現れる。

ゴノミカド　なんや、あっけない連中やな。
カコ　ミカドのご威光に恐れおののいてるんですよ。
アキノ　後を追います。
カコ　アキノ、無理しないで。
アキノ　ご心配なく。
ゴノミカド　待て待て、わても行く。
アキノ　大丈夫ですか、ミカド。
ゴノミカド　勝ち戦は勢いや。わてがどーんとかました方が、奴らビビり上がるで。

と、二人、先に行く。

カコ　ああ、二人とも気をつけて。

カイリがカコに声をかける。

カイリ　おつきの兵もおります。そう、ご心配なさらなくても。
カコ　でも。
カイリ　カコ様こそ。ボンカン殿と一緒に京におられたらよかったのに。
カコ　あいつはなんかインチキ臭いお経唱えてるだけでしょ。やよ、そんなの。
カイリ　そんなにご心配ですか。アキノ殿が。
カコ　え？　わかる？
カイリ　ええ。態度で。
カコ　沖の島でもずっと一緒だったし。あの子、変わってるでしょ。あたしくらい守ってやらなきゃ。あ、腕じゃなくてここね。（と、胸を指す）
カイリ　……そうですか。

と、懐から火薬玉を出すカイリ。

カイリ　火薬玉です。元寇の時には蒙古軍が使っていたとも。火をつけると凄い勢いで爆発します。大切な人を守りたい時にお使いください。

カコに渡すカイリ。

カコ　あ、ありがとう。

カイリ　さ、我らも行きましょう。

と、二人も走っていく。

×　×　×　×

鎌倉。狂い桜の広場。今日は桜は咲いていない。

ヒュウガが出てくる。顔の上半分を覆い口元だけが出ている仮面を被っている。

花の付いていない桜を見上げる仮面のヒュウガ、歌い始める。

「俺は何も失ってはいない。まだ輝ける。今は咲いていない花もいずれ咲く時が来る。

その一瞬を見失うな」そんな内容の歌だ。
そこにシンノミカドが駆け込んでくる。

シンノミカド　ヒュウガ、ヒュウガ！　ああ、ここにいたか、ヒュウガ。

シンノミカドの後からクスマとギテイも現れる。

シンノミカド　あっという間に箱根も破られた。おっとうの軍はもうそこまで来てるだに。
クスマ　我々はミカドをお守りして逃げる。海から安房に渡る。そこから山々を伝って北へ。
ギテイ　お前はどうする。
ヒュウガ　……そんなにうまくいくかな。

と言うヒュウガの言葉通り、陰之矢達が彼らを取り囲む。

クスマ　陰之矢。もうここまで。

と、ゴノミカドとアキノ、カイリが出てくる。

ゴノミカド　見つけたで、タダノミヤ。
シンノミカド　お、おっとう。
ゴノミカド　このわてをさしおいてミカドを名乗るとはええ度胸や。お前にしては上出来や。その色男にそそのかされたとはいえな。いや、もう色男やなかったな、ヒュウガ。
ヒュウガ　……。
ゴノミカド　二の句がつげんか。
アキノ　今日は蘭陵王の仮面じゃないの？
ヒュウガ　カイリから聞いたか。ちょっとした座興だ。
アキノ　そんなに私に憧れてた？
ヒュウガ　人を殺すのにはお似合いの仮面だからな。
アキノ　本物の方がもっと上手に殺せるよ。
カイリ　ヒュウガは俺が！

と、カイリがヒュウガに襲いかかる。
陰之矢はクスマとギテイを襲う。

シンノミカド　ひぃぃぃ。

オロオロしているシンノミカドの前に、ゴノミカドが立ちはだかる。

ゴノミカド　どこ行くんじゃ、われ。
シンノミカド　お、おっとう……。
ゴノミカド　逃げるんか。わての顔見たらびびって逃げ出すんか。そんな覚悟でミカドの看板背負ったんか。この根性無しが！

と、シンノミカドを殴る蹴る。

シンノミカド　ひぃぃぃぃぃ。
ゴノミカド　おんどれみたいなボケカスが息子か思たら、ほんまはらわた煮えくりかえるわ。とっととくたばれ。

と、剣を抜くゴノミカド。

シンノミカド　おっとう、待ってくれ。おら、やめる。ミカド、やめる。だから斬らないでくれ。

ゴノミカド　いちいちむかつくんじゃ！

と、刀をふり下ろそうとするゴノミカド。

その時、クスマが陰之矢の攻撃を振りきって二人のミカドの間に割って入る。

クスマ　ミカド！

ゴノミカドの剣を剣で受けるクスマ。

ゴノミカド　ミカドに剣を向けるか、クスマ！

一瞬、身体が強ばるクスマ。そこを斬るゴノミカド。致命傷ではないがよろけるクスマ。

ゴノミカド、返す刀でシンノミカドを斬る。

ゴノミカド　死にさらせ!!

シンノミカド、何度も斬撃を受け、クルクル回って倒れる。絶命するシンノミカド。

クスマ　ミカドー！
ゴノミカド　ミカドはわて一人や！　裏切りの報いは受けんとな、クスマ。
アキノ　お覚悟！
クスマ　後悔はせん。義を通しただけだ！

と、叫ぶクスマにとどめを刺すアキノ。クスマも絶命する。

ギテイ　そ、そんな！

動揺するギテイ。陰之矢がギテイを斬る。

ギテイ　く！

ギテイも絶命する。

ゴノミカド　これでお前一人や、ヒュウガ。

と、カイリ、ヒュウガの剣を叩き落とす。

ゴノミカド、ヒュウガに近寄り、剣の束で殴る。咄嗟に顔をかばうヒュウガ。首筋に束が当たる。

ヒュウガ　ぐ！

態勢を崩すヒュウガ。

ゴノミカド　それでも顔をかばうんか。因果やな。

と、剣を左手に持ち右手でヒュウガを殴る。

倒れるヒュウガ。彼の腹に蹴りを入れるゴノミカド。

ゴノミカド　どうした。え。それでしまいか。

と、倒れたヒュウガを踏みつけるゴノミカド。

ゴノミカド　みっともないなあ、ヒュウガ。どうや、今の気分は。なんか、言うことあるか。ああ⁉

が、ヒュウガ、平然と答える。

ヒュウガ　なるほど。人に踏まれるのはこういう気分か。

ゴノミカド　なにぃ。

と、踏みつけようとするがその足を摑むヒュウガ。ひねってゴノミカドを倒す。

ゴノミカド　あいた！

立ち上がるヒュウガ。

ヒュウガ　一つわかったことがある。俺は踏まれるのは似合わない。
ゴノミカド　なんやと。

シンノミカドの亡骸を見るヒュウガ。

ヒュウガ　実の子を自らの手にかけたな。ゴノミカド。
ゴノミカド　それがどないした。
ヒュウガ　醜いな、実に醜い。だが、その醜さがいい。
ゴノミカド　なんやて。
ヒュウガ　お前達が醜ければ醜いほど、俺の美しさが際立つ。
ゴノミカド　はあ？（と、苛ついている）

今度はクスマの亡骸を見るヒュウガ。

ヒュウガ　己の主をかばって律儀に死んでいった。美しい。だが、この美しさはいらない。美しいのは俺だけでいい。
ゴノミカド　なに、たわけたこと言うとるんや。お前のどこが美しい？

ヒュウガ　すべてが。俺の美しさを侵せる者は誰もいない。

　と、ヒュウガ、仮面をはずす。現れたのは以前と同じ顔。焼けただれてはいない。

ゴノミカド　なんで、なんで前のままなんや。

　ハッとするアキノ。

アキノ　カイリ、まさか⁉

　と、カイリ、アキノの得物を弾いて、彼女を押さえつける。

カイリ　そう。そのまさかだよ、アキノ。

ヒュウガ　カイリには裏切ったふりをしてもらった。俺の顔を焼く提案も、すべて、お前に信用してもらうためだ。

　カイリ、アキノを殴ってダメージを与えてからヒュウガのそばに寄る。

カイリ　サキドに渡した薬は煙は出るが、肌には何の危害も加えない。苦しんでいたのはヒュウガの芝居だ。
アキノ　だけど私は見た、お前の殺意を。ヒュウガを殺す気満々だったじゃないか。
カイリ　人の気配とは、身体のわずかな動き、目の配り、些細な表情で察するものだ。執権の〝犬〟として訓練された俺なら、嘘の殺意を演じることもできる。そこからすでに始まっていたんだよ。
アキノ　私がだまされたと……。（愕然としている）
ゴノミカド　なんでや、なんでこんな手の込んだことを。
カイリ　お前をここに呼び寄せるためだ。この鎌倉まで来るように仕向けるために、俺はお前の懐に入った。
ヒュウガ　お前はここで死ななければならない。この狂い桜の下で。
ゴノミカド　ふざけるな！　いてこましたれ、お前達!!

と、陰之矢がヒュウガとカイリに襲いかかる。が、二人は陰之矢を斬り倒す。

アキノ　く。

ゴノミカド　まだや、まだわての軍勢は仰山おる。
ヒュウガ　それもどうかな。

と、逃げていったはずの斬歌党と女子達《おみなご》が現れる。女子達、その手に西朝軍の兵の首を持っている。

ヒュウガ　お前達の軍はすでに滅んだ。
アキノ　斬歌党、お前達逃げたはずじゃ……。
カイリ　女子達と示し合わせて山に潜んでいた。逃げたと思って油断した兵達に奇襲をかけたというわけだ。
ヒュウガ　この子達が説得してくれた。斬歌党は俺と共に動く。
アキノ　く……。
ヒュウガ　残ったのはお前達二人だけだ。

焦るゴノミカド。

ゴノミカド　なめた真似しくさって。それでわてが命乞いするとでも思うたか。わてはゴノミカド、この国をずっと治めてきた一族の血統や。貴様らみたいなどこの馬の骨か知らんちんぴらとは身分が違うんじゃ。ひざまずけい！

と、恫喝する。が、ヒュウガは平然としている。刀をつきつけるヒュウガ。

ヒュウガ　だからお前は死なねばならない。

刀をふるうヒュウガ。刀で受けるゴノミカド。二人、やりあう。カイリはアキノを牽制している。

ヒュウガ、ゴノミカドの剣を打ち払う。怯むゴノミカド。

ヒュウガ　この桜は、好きな時に咲く。季節など気にしない。己の好きな時に好きなように咲く。これこそがバサラだ。幕府と朝廷、二つの権力の断末魔を聞き、最後の血を吸った時、大きく狂い咲く。幕府執権キタタカはこの木の下で、命果てた。次はお前だ、ゴノミカド。

と、ゴノミカドに剣をふるう。

ゴノミカド　うわあ！

と、斬られるミカド、倒れる。そのミカドを踏みつけるヒュウガ。

ゴノミカド　うぐ！

と、枯れ枝だった狂い桜に花が咲き始める。

アキノ　まさか……。
ヒュウガ　どうだ、お前の血に桜も喜んでいる。
ゴノミカド　な、なんや、これは。
ヒュウガ　朝廷も滅ぶ幕府も滅ぶ。将軍もないミカドもない。この国は誰も支配しない。互いに好きに生き、互いに好きに死に、互いに好きに殺し殺されあう。その真ん中にただ俺がいる。流れた血の分だけ狂い桜は咲き乱れ、この俺は美しくなる。だから、死ね。

と、ゴノミカドに刀を突き刺すヒュウガ。

ゴノミカド　ぐあ！

絶命するミカド。彼から刀を抜くヒュウガ。
と、彼に光が差す。狂い桜が満開になる。ヒュウガ、陶然とその桜を見る。

ヒュウガ　ああ、見事な花だ……。

女子《おみなご》達と斬歌党も感心のため息をもらす。
アキノが叫ぶ。

アキノ　最高だ、ヒュウガ、最高だよ！　ああ、殺したい!!

と、カイリを振り払いヒュウガに向かうアキノ。

アキノ　殺したい！　お前をこの手で！　死ねよ、ヒュウガ!!

と、アキノには目もくれず刀をふるうヒュウガ。しかし、その刀は正確にアキノの両目を斬る。

アキノ　う！

目を押さえるアキノ。

ヒュウガ　お前にこの花を見る資格はない。
アキノ　おのれ、ヒュウガ。どこだ。

と、無闇に刀をふるうアキノ。
その姿を呆れたように見るヒュウガ。

ヒュウガ　……カイリ、とどめはまかせた。
カイリ　おい。
ヒュウガ　あまり美しくない。

と、飽きた玩具を見るような目でアキノを見るヒュウガ。

カイリ　まったくお前は……。

仕方ないと、カイリが剣を構える。その時、カコが飛び出してくる。

カコ　だめ！　アキノは殺させない！

と、手にした火薬玉を突き出す。

アキノ　カコ様？
カコ　逃げて、アキノ！
アキノ　え？
カコ　いいから早く！

と、アキノを無理矢理逃がす。

カイリ　ヒュウガ、下がれ。火薬玉だ！　お前達も！

斬歌党と女子達《おみなご》に言うカイリ。

ヒュウガも驚きカコから離れる。

カコ　カイリ、守りたい人を守れって言ったわね。

カイリ　落ち着け。そこで使うと自分も吹っ飛ぶぞ。

カコ　上等じゃない。どうせあたしも殺されるんでしょ。ここで使わずにいつ使うのよ！

と、火薬玉を爆発させる。その辺り一面が吹き飛ぶ。

煙が晴れる。カコのいた辺りは瓦礫の山。

カコは倒れている。すでに息絶えている。

ヒュウガ　なぜあいつが火薬玉を……。

カイリ　……すまん、信用してもらおうと俺が渡してしまった。こんな思いきった手に出るとは思わなかった。見くびっていたよ。

ヒュウガ　……うかつだったな、お前にしては。
カイリ　（爆破した辺りを見て）道が塞がれた。アキノを追うのは難しい。
ヒュウガ　まあいい。目がつぶれたあ奴はもう戦えない。それよりも、これだ。

と、狂い桜を示すヒュウガ。一同に言う。

ヒュウガ　執権も死にミカドも死んだ。もう俺達を止める者はいない。このバサラの王が、この世の理《ことわり》になる！

歓声を上げる女子と斬歌党。

ヒュウガ　この狂い桜を京に移す。内裏の真ん中でこの桜が咲き乱れる。それこそがバサラの世の始まりだ。

晴れやかに言い放つヒュウガ。

ヒュウガ　みんな祝え、そして狂え！　バサラ王の誕生を、バサラ王の宴を!!

熱狂する女子と斬歌党。いつの間にか民達も加わりヒュウガに歓声を上げる。陶然とするヒュウガ。

それを冷ややかに見つめるカイリ。

――暗　転――

【第十景】

それから数ヶ月後。京の都。

町の民、商人、ならず者などで喧噪を極めている。

町民1　明日はヒュウガ様の宴だ。

町民2　内裏の真ん中に桜を咲かすんだと。

町民3　美しいだろうねえ。

そこに勇ましい風体のならず者が通りかかる。

ならず者　どけどけ！　てめえら、金寄越せ。

町民1　やかましい。

町民2　数ならこっちが上だ。

町民3　たたんじまえ！

と、逆にならず者を袋だたきにする町民達。
その中をげんなりした表情で歩くヌイ。旅姿である。

ヌイ　（鼻歌を歌う）この頃都に流行るもの、狂い桜に狂い人、バサラの宴に酔いしれて、粋も慈愛も忘れけり。

と、前からボロボロの身なりの托鉢僧がフラフラと歩いてくる。みすぼらしくなっているがボンカンである。
ヌイの前で倒れるボンカン。

ボンカン　……た、食べ物を……。
ヌイ　……あんた、ボンカンかい？
ボンカン　……た、食べ物を……。
ヌイ　しっかりしな。ヌイだよ、サキド様にお仕えしてた。
ボンカン　あ、あ、猿楽師の。頼む、何か食べ物を。もう三日何も食べておらんのだ。
ヌイ　（腰の袋から干し肉を出す）兎の干し肉だよ。ゆっくりしゃぶるようにお食べ。

と、ボンカンに渡す。

ボンカン　ああ、ありがたい。（と、ゆっくり囓《かじ》りだす）

ヌイ　見たかい、ヒュウガが狂い桜を鎌倉から運んできた時の行列。山車に桜の木を置いて着飾ったヒュウガの周りを綺麗な女達が舞い踊り。そりゃあ煌びやかだったね。都の連中は大喜びさ。

ボンカン　あの男の名前は聞きたくない。

ヌイ　あんたもヒュウガに追い出された口かい。

ボンカン　ミカドが殺されたと聞いて、寺は捨てた。ヒュウガに取り入ろうと考えておる公家もおるが、わしは恐ろしゅうて。

ヌイ　あたしもさ。煌びやかだったけど、あたしはなんだかゾッとしてた。あいつのことを知ってるからかもね。

ボンカン　（ヌイの姿を見て）旅に出るのか。

ヌイ　ああ。

ボンカン　……わしも一緒でもいいかな。明日はもっと嫌なことが起こりそうな気がする。

ヌイ　……ああ、そうだね。あんたもあたしも、この都からはおさらばした方がいい。

ボンカン　では、まいろうか。

ボンカン、よろよろと立ち上がる。ヌイ、仕方がないという顔で彼を支えて歩きだす。

×　×　×　×

内裏。中庭に狂い桜が植えられている。桜は満開である。

明日はこの内裏に人々を入れて、彼らの前でヒュウガが歌う〝バサラの祝祭〟が行われる。そのための舞台も用意されている。

その前夜。

煌びやかな服を着ているヒュウガ。これが祭祀用の衣裳だ。満足そうに桜を見上げている。

そばに立つカイリ。こちらもそれなりに身ぎれいな服を身につけている。カイリは警護のため刀を持っているが、ヒュウガは丸腰だ。

カイリ　この桜にそれほどの思い入れがあったとはな。
ヒュウガ　お前だぞ、カイリ。
カイリ　なにが。
ヒュウガ　この狂い桜をバサラだと言ったのはお前だ。鎌倉で再会した時に。

カイリ　……そうだったか。
ヒュウガ　忘れるな。
カイリ　……そんなことは覚えてるのか。
ヒュウガ　そんなこと？

と、そこにコジフサ、シダフサ、バタフサが現れる。

コジフサ　おお、これはこれは、ヒュウガ様。
シダフサ　やっとお会いできましたな。
バタフサ　我ら公家衆もヒュウガ様の世を誠心誠意お支えいたしたいと願《ねご》うております。
コジフサ　ミカドなどもう古い。
シダフサ　これからはバサラの世。
バタフサ　なんなりと仰せつけください。
三人　おほほほほ。

と、お愛想笑いをする。
無表情でカイリに右手を差し出すヒュウガ。カイリ、自分の刀を差し出す。束を握り剣を引き抜くヒュウガ。そのまま、三人の公家を斬る。一瞬にして絶命する三人。
倒れ、姿を消す。

ヒュウガ　ゴミ虫がバサラを語るな。

カイリに刀を渡すヒュウガ。

カイリ　相変わらず男には容赦ないな。
ヒュウガ　ゴミに明日《あした》を汚されてはたまらない。

桜を見るヒュウガ。

ヒュウガ　そう。いよいよ明日だ。明日、俺がこの国の真ん中に立つ。この内裏の真ん中に人々を集めて宴を行う。その時誰もが知る。ミカドではない、将軍でもない、この国の王がバサラとなったことを。
カイリ　麻耶野村の田舎者が、ここまで来るとはな。
ヒュウガ　ああ、明日は誰もが忘れられない日になる。この俺の美しさが、この国のすべてを

カイリ　蹂躙する。最高じゃないか。
カイリ　ああ、明日は忘れられない日になるよ。違う意味でな。

と、刀を持ち直すカイリ。

カイリ　明日、人々が見るのは、桜の下で眠るお前の亡骸だ。
ヒュウガ　……お前は何を言っている。
カイリ　死ぬってことだよ、お前は、今ここで。お前が今武器を持っていないことはわかっている。抵抗する術はない。
ヒュウガ　冗談はやめろ、カイリ。もう芝居はしなくていい。
カイリ　芝居じゃない。やっとこの時が来た。お前が人生の頂点を迎えようというその時。その寸前でお前の命を絶つ。俺はずっとそう決めていた。この狂い桜の下で再会した、あの時からな。
ヒュウガ　なぜ、俺を狙う。
カイリ　お前には絶対にわからない理由だ。お前のために死んでいった女の仇だよ。
ヒュウガ　俺のために？
カイリ　ああ、そうだ。鎌倉の狂い桜の下で再会した時、役人からお前を守るために死んだ女だ。俺の目の前で死んだ麻耶野村の娘だ。

ヒュウガ　そうだったか？　村にいた時のお前の女か？

カイリ　言葉をかわしたこともない。ただ、遠くから憧れていただけだ。それがあの日、鎌倉に戻ったら彼女がいた。お前と一緒に踊っていた。俺は今度こそ、気持ちを伝えようと思った。執権の〝犬〟をやめ、表に出られる身となって、想いを伝えようとしたその時、彼女は死んだ。お前を守って。

カイリが言っているのは、第一景で死んだ女1のことである。

ヒュウガ　それで俺を殺すと？　そんなくだらない理由でか。

カイリ　お前にとってはくだらないだろう。名前も覚えていなかったものな。あの人の名は、まりという。

ヒュウガ　まり？

カイリ　名も知らぬ女の恨みで死ね！

と、迷わず刀をふり下ろすカイリ。ヒュウガは左腕でそれを受け止める。金属音がする。

カイリ　なに⁉

ヒュウガ、腕で刀を弾いて、カイリに打撃を喰らわそうとする。カイリ、それを察して後ろに飛び退く。

カイリ　なぜだ。

ヒュウガが袖をめくる。そこに金属製の腕貫をしている。

ヒュウガ　そろそろ仕掛けてくると思ってな。備えはしておいた。
カイリ　わかっていたのか。
ヒュウガ　ああ、わかっていたよ。

と、舞台に仕込んであった刀を取り出す。

ヒュウガ　避けてばかりでは面白くない。（と、刀を抜く）俺には真剣の輝きがよく似合う。

カイリ　貴様！

打ちかかるカイリ。剣で受けるヒュウガ。
再び距離を置く。

ヒュウガ　お前が裏切ったふりをしてゴノミカドにつく策を提案したのは、アキノに殺意を見抜かれたからだな。
カイリ　その通りだ。お前を殺したいというそぶりをしたことにした。
ヒュウガ　まったく手の込んだことだ。
カイリ　お前を殺すためならな。

と、再び刀をふるうカイリ。受けるヒュウガ。鍔迫《つばぜ》りあいになる。

ヒュウガ　女の仇だと。違うな、カイリ。お前は理由を探していただけだ、俺を殺す理由をな。村にいた時からずっとお前は俺を殺したいと思っていた。
カイリ　違う！

ヒュウガの斬撃。カイリが傷を負う。

カイリ　く！

ヒュウガ　村で、お前はずっと俺を見ていた。他の男が俺を殴った時も遠くからずっと俺を見ていた。あの時、お前は俺のことを殺したいと思ったんだ。この美しい男を殺す自分を想像して喜びに浸ったんだ。

カイリ　ふざけるな！

カイリが打ちかかる。が、ヒュウガはそれをかわしてカイリに手傷を負わせる。

カイリ　ぐあ！

刀をはじかれるカイリ。遠くに飛んでしまう。

ヒュウガ　今日はいい日だ。俺のことを殺したくて殺したくてたまらない男を殺す。バサラの祝祭の最高の前夜祭だよ。

と、刀を振り上げた瞬間、殺気を感じて体をかわす。そこに矢が飛んでいく。かろうじてかわしたヒュウガ。

ヒュウガ　誰だ⁉

と、車椅子に乗ったサキドと弓を持った盲目のアキノが現れる。

ヒュウガ　サキドにアキノだと。
サキド　幽霊を見たような顔だね、ヒュウガ。だが、私らは死んじゃいない。お前を倒すまではね。
カイリ　気をつけな。俺が調合した毒矢だ。かすっただけでも死ぬ。
サキド　まっすぐだ、アキノ。

アキノ、言われた通りに矢を放つ。ヒュウガの横をかすめる。

アキノ　たとえ見えなくても、サキドが私の目になってくれる。
ヒュウガ　悪あがきだな。みっともない連中が。

サキド　みっともなくて結構、お前を殺すためなら悔いはない。
カイリ　招待を受けてくれて嬉しいよ。アキノもよく生き延びていた。
アキノ　白々しい。お前、わざとカコに火薬玉を渡したろう。きっと彼女なら私を助けるために使うと思って。
カイリ　ああ、こんな日が来る時のためにな。
アキノ　最低だよ、あんた。ヒュウガの次に殺してあげる。
カイリ　それでいい。
サキド　お前の手駒扱いは気にくわないけど、ヒュウガを殺《や》れる機会を見逃すわけにはいかない。
アキノ　死んだ顔が見られないのは残念だけど。
サキド　右に指二本。

方向を調整して矢を放つアキノ。かわすヒュウガ。そこをカイリが斬りかかる。手傷を負うヒュウガ。

ヒュウガ　く！
カイリ　終わりだ、ヒュウガ。

と、打ちかかるカイリ。同時に矢を放つアキノ。ヒュウガ、寸前にカイリに当て身。カイリの身体を動かす。矢はカイリに刺さる。

カイリ　ぐ！

と、カイリの背中に回って、盾代わりにするヒュウガ。

サキド　待て、カイリが！

と、アキノが矢を放つのを止める。

ヒュウガ　残念だったな、カイリ。自分の策に自分がはまったか。

カイリ　いや、計算通りだ。

と、自分の矢を引き抜きヒュウガに刺すカイリ。驚くヒュウガ、カイリから離れる。

ヒュウガ　お前、自分の命まで囮にして……。

カイリ　……ああ、そうだ。ここまでしなきゃお前は殺《や》れない。

ヒュウガ　……貴様。

と、カイリ、瓢箪を出す。

カイリ　毒消しだ。

ヒュウガ　なに!?

カイリ　ただし、毒は消えるが顔が焼ける。赤くまだらになって一生治らない。

ヒュウガ　……なんだと。

カイリ　さあ、どうする。このまま死ぬか。それとも醜くなって生きさらばえるか。

苦悶の表情のヒュウガ。

ヒュウガ　貴様……。

カイリ　悩め悩め。いい顔だ、ヒュウガ。さあ、どうする。ぼやぼやしてると毒が回るぞ。

ヒュウガ、カイリの手から瓢箪を奪い取る。

カイリ　そうか、醜くなっても生き延びたいか。自分の主義も貫けず何がバサラだ。がっかりだよ、ヒュウガ。見たか、サキド、アキノ。一生嘲笑ってやれ。

ヒュウガ、笑いだす。

ヒュウガ　最高だよ、お前。ここまで考えたのか。俺を殺すために知恵を絞りに絞り抜いて。お前、おかしいぞ。おかしくて最高だ。お前も立派なバサラだ。

と、ヒュウガ、瓢箪の栓を抜くと口に含む。

カイリ　見たか。飲んだぞ。無様だなヒュウガ。偉そうなことを言っても命は惜しいか。

嘲笑うカイリに抱きつくと、口移しに彼に毒消しを飲ませるヒュウガ。驚くカイリ。一度唇を放すヒュウガ。

カイリ　なに？
ヒュウガ　もっとだ。全部飲め。

瓢箪の中の毒消しを全部口に入れ、再びカイリに口移しで飲ませるヒュウガ。

サキド　そんな!?
アキノ　どうした？
サキド　ヒュウガが毒消しをカイリに。
アキノ　え？

空になった瓢箪を投げ捨てるヒュウガ。カイリは呆然としている。

カイリ　……お前、なぜ。

と、ふらふらと歩くと舞台に寄り、何やら操作するヒュウガ。と、花火が上がる。

カイリ　なんだ？

ヒュウガ　今、人が押し寄せる。花火とともに宴を始める。町の連中にはそう伝えていた。

カイリ　なんだと。

ヒュウガ　その観客の前で俺は死ぬ。お前は俺を殺した男として生きろ。そうだ、カイリという男はこの世の光を葬った男として永遠に語り継がれる。

カイリ　……お前。

ヒュウガ　俺がいなくなれば、光も歌もすべて消える。その暗黒の世を嘆いて生き続けるがいい。

嘲笑うヒュウガ。音楽が流れだす。

ヒュウガ　さあ、最後の宴の始まりだ。

と、客席を指差すヒュウガ。客席に光が当たり、そこで彼を見つめている人々が浮かび上がる。

ヒュウガ　瞬きするな、最後の光だ。

歌いだすヒュウガ。
自分の美しさを誇り、それが失われる世の絶望を歌い上げる。
狂い桜の花びらが舞う中で歌い上げるヒュウガ。
歌が終わる。
思わずカイリが叫ぶ。

カイリ　ヒュウガ!!

笑みを浮かべるヒュウガ。その刹那、糸が切れたように倒れる。
プツンと音と光が消える。
暗黒と静寂。
そしてこの世は漆黒の渾沌に包まれる。

〈バサラオ〉——終——

あとがき

いろんなところで語られているが、改めて。

今回の企画は、二〇二〇年四月、新型コロナウイルス流行のため博多座の『偽義経冥界歌』の全公演を中止せざるを得なかった事から始まる。

ただ中止にするのは悔しい。せめてもと、初日前日に通し稽古を行い、そのあと主演の生田斗真君と「必ずもう一度博多座に来よう」と誓い合ったらしい。

らしいというのは、その場に僕は居合わせなかったからだ。

同じ頃、僕は自分が脚本を書いた『新・陽だまりの樹』という新作舞台の通し稽古を見るため、池袋のブリリアホールにいた。

こちらも全公演中止が決定したが、舞台でのリハーサルを映像に残すことになっていた。その現場に立ち会っていたのだ。（この映像はのちにＣＳでの放送やＤＶＤとなった）

東京と福岡で自分が書いた芝居が同時に中止になったのだ。

当時まだコロナ対策は手探りで、流行を抑えるためには仕方ないと思ってはいたが、それでもやはり堪えた。しかも、翌年、『サンソン』の東京公演（しかもしかも同じブリリアホール）と、新感線の『月影花之丞大逆転』の大阪公演が、行政からの要請によるホール公演の中止で、また西と東で同時に中止になってしまったのだから、たまったものじゃない。

話が逸れた。『バサラオ』のことだ。

「必ず博多座に戻って来よう」の約束通り、二〇二四年予定で斗真君主演の公演が動き出した。共演に斗真君とも仲がいい中村倫也君も手をあげてくれた。そして彼らがずっと新感線で共演したがっていた古田新太君も出演する。

『偽義経』が新感線39周年興行、通称39（サンキュー）興行だったことから、この公演は生田斗真39歳記念興行の39（サンキュー）興行にしよう。

僕が細川プロデューサーから話を聞いたのはこの辺りだ。

だったら、博多公演で悔しい思いをしたりょうさんはどうだろう。『月影花之丞大逆転』の公演中止で悔しい思いをした西野七瀬さんも参加が決まった。

ゲストの顔ぶれも決まり、いのうえやプロデューサーと、どんなものをやろうかと打ち合わせに入ったのは二〇二二年のことだ。

博多座の他は、東京は明治座、大阪はフェスティバルホールだ。博多座明治座とせっかく芝居小屋でやるんだから、シリアスないのうえ歌舞伎よりは、例えば旅役者一座とか道中物のような、歌って踊って陽気な芝居がいいんじゃないかという方向性できまる。

そこで僕が大きな間違いをしてしまった。

〆切を二ヶ月勘違いしたのだ。

最近は秋公演を担当することが多い。大体稽古が始まるのが七月頃、先んじての宣伝用の写真撮影などが五月頃だ。なので一月〆切と言いながら二月くらいに脚本を渡している。

今回も稽古が七月と思いこんでいた。が、本番が七月だったのだ。二ヶ月〆切を前倒しにしなければならない。年内には脚本を上げなければ。

それに気がついたのが去年、二〇二三年の夏頃だった。他の仕事を中断して一〇月からこの芝居の脚本の仕事に入り三ヶ月でなんとか書き上げるという予定を組んだ。

急いでプロットを固めなければならない。

以前、斗真君が歌舞伎に挑戦しているドキュメンタリーを見た。

だったら、斗真君は歌舞伎役者で大泥棒のお役者小僧という設定はどうだろう。

地方のとある藩の家老である古田が、自分達の利益になるように米相場を操作しようとしている。その資金である一〇万両を盗み出してくれと斗真君に依頼するのが幕府隠密の倫也君。りょうさんは、江戸の裏稼業の顔役でお役者小僧の相棒。西野さんは町娘として登場するが、実は尾張の盗賊団の若き首領というイメージだった。

が、実はこの古田、かつては名だたる大泥棒。この藩を乗っ取って、そこに盗っ人の国を作ろうとしていた。歳を取って盗みができなくなったり、江戸や大坂で足がついて役人に追われる盗賊達をこの国に受け入れるのが狙い。泥棒である斗真君は、その心意気に感化され一〇万両奪取の仕事に躊躇う。しかし、倫也君はその古田の弁に胡散臭さを感じる。西野さんも、かつて古田が現役の盗賊だった頃に商売敵だった自分の両親を殺されている恨みがある。

それぞれの事情の中で人間関係が交錯するが、古田の真の狙いがわかり斗真は倫也側につき、改めて一〇万両強奪の仕事に動きだす。

おおまかなストーリーラインはできた。一〇万両をどうやって江戸まで持ち帰るかのアイデアも思いついた。

と、ここまでできたのが一〇月初旬。

なんとかなるかなと思ったが、なぜかここからがどうにも進まない。具体的なシーンやキャラクターの会話が浮かばないのだ。うんうん唸りながら無為に一週間ほどが過ぎる。これはまずい。時間がもったいない。

こういう行き詰まった時は、自分自身の抵抗感を掘り下げることにしている。なにか自分の中に気にいらないことがあるから筆なり構想なりが進まないのだ。そこを洗い出して明瞭にして解決策を考える。詰まった時にはいつもそうしている。

では今回は何が問題なのか。

せっかく出演してくれるのだから、キャストの皆さんにはやりがいを感じてくれる役をつくりたい。だが、今の設定だと、斗真君は今までと代わり映えがしないキャラな気がすると、僕自身が迷っている。倫也君の役も輪郭がぼんやりしている。二人とも「ここが芝居所だよ」と提示できる部分が見つかっていないのだ。しかもできる二人だから、この設定は入れ替えても成立する。「斗真君にはこんな役、倫也君にはこんな役をやってもらいたい」と自信を持って提示できない気がするのだ。メイン二人のキャラクターに自信が持てなければ他は推して知るべし。その不安が進行を妨げているのだと気づいた。

では今、自分が斗真君に書きたいと思うキャラクターは何か。

そこから考え直す。

彼の魅力は光属性だ。彼の内面からにじみ出る人としての真っ当さが、『偽義経冥界歌』のラストシーンでは存分に生かされた。

だからこそ今回は思いっきり悪い奴が新鮮なのではないか。

『鎌倉殿の13人』でも、その片輪は見せてくれた。今の彼ならむしろその方が面白いんじゃないか。それなら自分も新鮮に書けそうな気がする。

子どもの頃から大好きだったマンガに、望月三起也氏の『ジャパッシュ』という作品がある。

主人公の日向光が、自分の顔の良さを武器に日本の独裁者にのしあがっていくという物語だ。コミックスで全三巻だったので、正直、展開は駆け足だ。ただ、この設定はとてもとても魅力的だった。

「こんな話がやりたいんだよ」と以前斗真君にも話したことがある。

しかし、これだと決して陽気で歌って踊る芝居にはならない。最初に決めた方向性とは真逆になる。

こういう時、ただ悩んでいては時間の無駄だ。できるだけ早く、演出のいのうえと柴原プロデューサーに相談した方がいい。

そう決断して打ち合わせしたのが、一〇月二四日。

「斗真君に悪役をやらせたい。自分の美しさで日本を征服しようという男にしたい」と言うと、いのうえも「いいんじゃないか」と即答した。「今の斗真なら悪役も面白いと俺も思っていた。それで時代はいつにする」

「南北朝で行けると思う。あの時代は裏切りが錯綜する。ドラマティックになる。それに婆娑羅大名もいるし、美しさを武器にする男がはまる時代だと思う」

「婆娑羅か。だったらタイトルも『バサラ』でいいんじゃないか」

「いや、それだと先行作品があるからもう少しアレンジした方がいいよ。まあ、それはおいおい考えるから。この線で進めていいかな」

「ああ」

「陽気で歌って踊るお気楽芝居じゃないけどいいよね」

「書けないんじゃ仕方がない」

「ただもう一つ、気になってることがあって」とこちらから切り出した。

二〇二四年一二月の歌舞伎NEXT、『朧の森に棲む鬼』のことだ。

新感線版ピカレスクの代表作である『朧の森』を歌舞伎NEXTとして上演することはこの段階で決まっていた。

新感線の本公演とは違うとはいえ、新感線ファンも多く見るであろう芝居だ。二つ続けて似たような印象になることは避けたい。

その懸念を言うといのうえは「大丈夫。こちらは歌を多くして派手な演出にすれば全然違うものになる」と答えた。

年末まであと二ヶ月しかない。一から話を考えなければならないが、まだこちらのアイデアの方が手応えは感じていた。

柴原Pには、「正直、年末までに脚本をあげることは約束できない。でも、一幕までなら間に合わせる。宣伝用の写真などの準備は一幕を参考にして進める。台本は一月いっぱいでアップする」ということで納得してもらった。

そして本格的な構想に取りかかった。

幸い、時代を南北朝に決めたことで歴史上の人物を素材にできる。

古田の後醍醐天皇は最初から頭にあった。

だが、りょうさんを佐々木道誉、西野さんを北畠顕家をモデルにすると決めたら、あれよあれよとキャラクターが見えてきた。モデルといってもだいぶ変わっている。物語も史実とは全然違う。僕流の拡大解釈だ。でもゼロから考えるのとは決めていくスピードが違う。栗根まことは北条高時、村木よし子を楠木正成、劇団員の面々も歴史上の人物にはめ込んでいけば、おのずと物語の中での位置づけが見えてくる。

そしてその中に、歴史上には存在しない生田斗真のヒュウガと中村倫也のカイリを放り込む。ヒュウガの名は、好きだった『ジャパッシュ』の主人公へのオマージュだ。

ヒュウガはその美意識が狂っていなければならない。狂っているが彼の中では一本筋が通っている。そんなロジックが作れれば成立する。ヒュウガの輪廻を思いついた時なんとかなると思った。

カイリはヒュウガの対をなす男だ。この二人が並ぶからには共闘する所も敵対する所も書きたい。その作家の欲望を体現してくれる腹の読めない男になった。

ひと月ほどでざっくりとした構成を作り、一二月からは台本執筆に入った。

約束から三日遅れたが、一月三日には第一幕を送った。初稿も五日遅れたが、二月五日には上げることができた。

滑り込みだが、情報解禁にはなんとか間に合った。

タイトルも『バサラ』ではなく『バサラオ』とした。

企画の大転換はあったものの、一度決めてからは話を作るのも書き進めるのも順調だった。手応えも感じている。

このヒュウガを、このカイリを早く観て欲しい。

彼らだけではない。サキドもアキノもゴノミカドもキタタカも、他の劇団員達の役柄も、人の言うことはきかず己の欲望に忠実で好き勝手に生きる人々のぶつかり合いを観ていただきたいし、自分も早く観たい。今はそう思っている。

あー、間に合ってよかった。

二〇二四年五月下旬

中島かずき

◇上演記録
2024年劇団☆新感線44周年興行・夏秋公演
いのうえ歌舞伎『バサラオ』

【登場人物】
ヒュウガ……生田斗真
カイリ……中村倫也
アキノ……西野七瀬
キタタカ……粟根まこと
サキド……りょう
ゴノミカド……古田新太
ボンカン……右近健一
ナガスケ……河野まさと
ケッコウ／コジフサ……逆木圭一郎
クスマ……村木よし子
タダノミヤ……インディ高橋
ヌイ……山本カナコ
マストキ／シダフサ……礒野慎吾
キンツナ／バタフサ……吉田メタル
カコ……中谷さとみ
エンキ……村木 仁
ゴロウザ……川原正嗣
ギテイ……武田浩二

幕府家来／六波羅武士／朝廷兵／他……………藤家 剛
幕府家来／六波羅武士／朝廷兵／他……………川島弘之
幕府家来／六波羅武士／野武士／他……………菊地雄人
幕府家来／六波羅武士／野武士／他……………あきつ来野良
幕府家来／六波羅武士／野武士／他……………藤田修平
幕府家来／六波羅武士／陰之矢／他……………北川裕貴
幕府家来／六波羅武士／陰之矢／他……………寺田遥平
幕府家来／六波羅武士／陰之矢／他……………伊藤天馬
サキド党／斬歌党／ボンカン僧／他……………米花剛史
サキド党／斬歌党／マストキ家来／他…………藤浦功一
サキド党／斬歌党／ボンカン僧／他……………西岡寛修
サキド党／斬歌党／ボンカン僧／他……………ＮａＯ
ロクロウ／サキド党／斬歌党／他………………大村真佑
町民／サキド党／斬歌党／他……………………清水一光
散華の女子／遊女／神官／他……………………井上真由子
散華の女子／神官／侍女／他……………………松本未優
散華の女子／神官／侍女／他……………………樽谷笑里奈
散華の女子／遊女／侍女／他……………………白瀧真由美
散華の女子／遊女／神官／他……………………さいとうえりな
散華の女子／遊女／侍女／他……………………高森あゆな
陰之矢／斬歌党／六波羅武士／他………………古見時夢

【スタッフ】
作／中島かずき
演出／いのうえひでのり

美術／石原 敬
照明／原田 保
衣裳／アトリエ88％
音楽／岡崎 司
作詞／森 雪之丞
振付／川崎悦子
音響／井上哲司
音効／末谷あずさ　大木裕介
殺陣指導／田尻茂一　川原正嗣
アクション監督／川原正嗣
ヘア＆メイク／宮内宏明
小道具／高橋岳蔵
特殊効果／ギミック
映像／上田大樹
大道具／俳優座劇場
歌唱指導／右近健一
演出助手／山﨑総司　木下マカイ
舞台監督／芳谷 研

宣伝美術／河野真一
宣伝写真／渞 忠之
宣伝・web／ディップス・プラネット

宣伝／長谷川美津子　森脇孝　稲葉由佳
制作助手／武冨佳菜　高橋優里子　黒沼七海　関澤里菜
制作／辻未央　伊藤宏実　高田雅士
アシスタントプロデューサー／寺本真美
プロデューサー／柴原智子
顧問／細川展裕
企画・製作／ヴィレッヂ　劇団☆新感線

【福岡公演】博多座
２０２４年７月７日（日）～８月２日（金）
主催：博多座

【東京公演】明治座
２０２４年８月12日（月休）～９月26日（木）
主催：ヴィレッヂ
制作協力：サンライズプロモーション東京

【大阪公演】フェスティバルホール
２０２４年10月５日（土）～10月17日（木）
主催：ＡＢＣテレビ　サンライズプロモーション大阪
協力：ＡＢＣラジオ
後援：ＦＭ８０２　ＦＭ ＣＯＣＯＬＯ

中島かずき（なかしま・かずき）
1959年、福岡県生まれ。舞台の脚本を中心に活動。85年4月『炎のハイパーステップ』より座付作家として「劇団☆新感線」に参加。以来、『髑髏城の七人』『阿修羅城の瞳』『朧の森に棲む鬼』など、“いのうえ歌舞伎”と呼ばれる物語性を重視した脚本を多く生み出す。『アテルイ』で2002年朝日舞台芸術賞・秋元松代賞と第47回岸田國士戯曲賞を受賞。

この作品を上演する場合は、中島かずき及び（株）ヴィレッヂの許諾が必要です。
必ず、上演を決定する前に、（株）ヴィレッヂの下記ホームページより上演許可申請をして下さい。
なお、無断の変更などが行われた場合は上演をお断りすることがあります。

http://www.village-inc.jp/contact01.html#kiyaku

K. Nakashima Selection Vol. 42
バサラオ

2024年7月7日　初版第1刷発行
2024年8月19日　初版第2刷発行

著　者　中島かずき
発行者　森下紀夫
発行所　論創社
東京都千代田区神田神保町 2-23　北井ビル
電話 03（3264）5254　振替口座 00160-1-155266
印刷・製本　中央精版印刷
ISBN978-4-8460-2417-8
©2024 Kazuki Nakashima, printed in Japan
落丁・乱丁本はお取り替えいたします

K. Nakashima Selection

Vol. 22	五右衛門vs轟天	本体1800円
Vol. 23	阿弖流為	本体1800円
Vol. 24	No.9 不滅の旋律	本体1800円
Vol. 25	髑髏城の七人　花	本体1800円
Vol. 26	髑髏城の七人　鳥	本体1800円
Vol. 27	髑髏城の七人　風	本体1800円
Vol. 28	髑髏城の七人　月	本体1800円
Vol. 29	戯伝写楽	本体1600円
Vol. 30	修羅天魔～髑髏城の七人　極	本体1800円
Vol. 31	偽義経　冥界に歌う	本体1800円
Vol. 32	偽義経　冥界に歌う　令和編	本体1800円
Vol. 33	新 陽だまりの樹	本体1800円
Vol. 34	月影花之丞大逆転	本体1500円
Vol. 35	サンソン ルイ16世の首を刎ねた男	本体1500円
Vol. 36	狐晴明九尾狩	本体1800円
Vol. 37	神州無頼街	本体1800円
Vol. 38	薔薇とサムライ2 海賊女王の帰還	本体1800円
Vol. 39	サンソン ルイ16世の首を刎ねた男〈2023年版〉	本体1500円
Vol. 40	天號星	本体1800円
Vol. 41	ジャンヌ・ダルク〈2023年版〉	本体1800円

K. Nakashima Selection

Vol. 1— LOST SEVEN	本体2000円
Vol. 2— 阿修羅城の瞳〈2000年版〉	本体1800円
Vol. 3— 古田新太之丞 東海道五十三次地獄旅 踊れ！いんど屋敷	本体1800円
Vol. 4— 野獣郎見参	本体1800円
Vol. 5— 大江戸ロケット	本体1800円
Vol. 6— アテルイ	本体1800円
Vol. 7— 七芒星	本体1800円
Vol. 8— 花の紅天狗	本体1800円
Vol. 9— 阿修羅城の瞳〈2003年版〉	本体1800円
Vol. 10— 髑髏城の七人 アカドクロ／アオドクロ	本体2000円
Vol. 11— SHIROH	本体1800円
Vol. 12— 荒神	本体1600円
Vol. 13— 朧の森に棲む鬼	本体1800円
Vol. 14— 五右衛門ロック	本体1800円
Vol. 15— 蛮幽鬼	本体1800円
Vol. 16— ジャンヌ・ダルク	本体1800円
Vol. 17— 髑髏城の七人 ver.2011	本体1800円
Vol. 18— シレンとラギ	本体1800円
Vol. 19— ZIPANG PUNK 五右衛門ロックⅢ	本体1800円
Vol. 20— 真田十勇士	本体1800円
Vol. 21— 蒼の乱	本体1800円